MARIO WURMITZER

TINY
HOUSE

 aufbau

MARIO WURMITZER

TINY
HOUSE

ROMAN

 aufbau

Die Handlung und alle handelnden Personen dieses Romans sind frei erfunden. Jegliche Ähnlichkeit mit lebenden oder realen Personen wäre rein zufällig.

Die Arbeit am vorliegenden Buch wurde durch ein Arbeitsstipendium des Landes Niederösterreich gefördert.

MIX
Papier | Fördert
gute Waldnutzung
FSC® C083411

ISBN 978-3-351-04231-8

Aufbau ist eine Marke der Aufbau Verlage GmbH & Co. KG

1. Auflage 2025

Einbandgestaltung zero-media.net, München
Satz Greiner & Reichel, Köln
Druck und Binden CPI books GmbH, Leck, Germany

Printed in Germany

1

___

Ich habe die Stellenausschreibung auf *willhaben* entdeckt und mir gedacht, na ja, könnte besser sein, als Essen auszuliefern oder in einem Versandlager Pakete zu sortieren. Meine Aufgabe ist es, zu vermitteln, dass es einem an nichts fehlt. Ich bin hier, damit man sich vorstellen kann, wie es ist, in einem Haus wie diesem zu leben. Auf der Website von *Modern Home* kann man mich beobachten. Aber ich kümmere mich kaum darum. Ich lebe einfach so vor mich hin.

Man hat mich angewiesen, nicht direkt in die Kameras zu blicken. Das könnte als irritierend empfunden werden. Potenzielle Kunden wollen nicht von mir angestarrt werden.

Die Einrichtung ist minimalistisch. Beim Bewerbungsgespräch habe ich gesagt, sie gefiele mir. Es ist kein Kindheitswunsch von mir gewesen, ein Tiny House, das sich am Rande einer Musterhaussiedlung befindet, zu bewohnen. Aber es ist in Ordnung. Im Rahmen des Home Staging ist die Idee aufgekommen, das Haus zu beleben. Die Zeit, die ich in diesem Haus verbringe, betrachte ich als Projekt, so wie ich alles, was ich jemals getan habe und tun werde, als Projekt sehe. Ich sitze am Schreibtisch, schreibe an einem Buch über Rainald Goetz, der später noch vorbeikommen wird, und zur Abwechslung an literarischen Texten über Paare, die sich Wohnungen oder Häuser kaufen, während Interessenten hinter mir stehen und mich beobachten. Es fällt mir nicht schwer, mich zu konzentrieren. Die Interessenten fragen mich, was ich schreibe. Ich zeige auf das Schild, das über dem Schreibtisch hängt. Für Auskünfte sind die Kundenberaterinnen zuständig, deren Büro-Container sich gleich neben dem Tiny House befindet.

Anfangs fiel es mir schwer, nicht mit den Interessenten zu sprechen. Der Wunsch, mich mit ihnen zu unterhalten, ist fast restlos verschwunden. Nur sehr selten will ich auf eine Frage noch eine Antwort geben. Ich bin nicht wie die. Adaptierungen des Grundrisses, Raumgrößen und Küchenausstattungen interessieren mich nicht. Ich bin hier, weil ich bezahlt werde. Außerdem habe ich die Möglichkeit zu schreiben. Manchmal frage ich mich schon: Was bringt das? Maxim hat von mir wissen wollen: Warum machst du nicht einmal was, das die Leute interessiert? Wieso ein Buch über diesen Goetz, wer kennt den schon? Ich meine, von den Leuten da draußen, die durch die Siedlung schlendern. Warum nicht über Eminem oder Heidi Klum?

Maxim hat es nicht gefallen, dass ich hier eingezogen bin. Aber ich mache, was ich will. Er macht, was er will. Manchmal besucht er mich. Im Tiny House ist es nicht immer einfach, Berufliches und Privates zu trennen. Wenn Maxim vorbeikommt, ist er Teil meiner Arbeit. Im Grunde ist doch sowieso alles immer irgendwie auch Arbeit. Ich überlege, ob ich die Kunden fragen soll, ob sie das auch so sehen. Aber die sind schon weg. Beim Hinausgehen haben sie kopfschüttelnd gemurmelt, die Räume seien doch viel zu klein, das sei ja gar kein richtiges Haus, das sei bloß ein Witz.

Derlei Kritik an meiner Wohn- und Arbeitsstätte ist mir gleichgültig. Leider ist mir sehr vieles egal. Das finde ich grundsätzlich schlecht. Man sollte nicht so abstumpfen. Ich nehme mir vor, bald darüber nachzudenken, wie man Lethargie und Gleichmut zukünftig entkommen könnte. Zur Feier dieser Entscheidung grinse ich in eine der Kameras. Ein subversiver Akt des Protests, der niemanden interessiert, na ja, man darf nicht zu streng mit sich sein, sagt Maxim. Der kommt später noch vorbei.

Maxim stört sich an den Kameras. Ich habe ihm geraten, sie nicht zu beachten. Wir können hier ganz frei sein. Wir müssen uns nicht verstellen. Wir dürfen uns entspannen. Das steht so im Vertrag. Ich darf Gäste empfangen. Es muss nicht immer aufgeräumt sein. Ein bisschen heimeliges Chaos wirkt authentisch, *Modern Home* steht für Lockerheit, für ungezwungenen Lifestyle. So was erzählen die Marketingleute. Mit Helene vom Marketing habe ich mich angefreundet. Sie hat mich von Anfang an wie einen Menschen behandelt. Das habe ich sehr nett von ihr gefunden. Sie hat mich begrüßt, mich gefragt, wie es mir geht, welche Musik ich gerne höre. Sehr sympathisch, finde ich. Viele der Angestellten von *Modern Home* sehen mich nicht als Teil des Teams. Sie ziehen nicht in Betracht, mit mir zu sprechen. Natürlich halte ich mich auch nicht für einen Teil des Teams. Ich bin ein stummer Solitär, ein Eremit, der sein tiny Dasein streamt. Aber die wissen nicht, wie ich mich sehe. Sie hätten hallo sagen können. Helene ist anders, sie hat mir sogar schon einen Obstkorb, Kuchen und Wodka geschenkt. Helene kommt später noch vorbei.

Ich darf das Tiny House verlassen, wann ich will. Im Vertrag ist lediglich festgeschrieben, wie viele Stunden ich anwesend sein muss. Die Zeiteinteilung ist weitgehend frei. Das Tiny House ist umgeben von einem sehr kleinen Garten. Ich habe ein Gemüsebeet angelegt, das hat für einigen Wirbel gesorgt. Die Marketingleute sind sich nicht sicher gewesen, was sie davon halten sollten. Ihnen hat vor allem missfallen, dass ich etwas einfach so getan habe. Ohne Anweisung. Von mir werden keine Initiativen erwartet. Ich soll kochen, putzen, schlafen, fernsehen, essen, sitzen, liegen, gehen, stehen. Ich soll da sein, mehr nicht. Damit man mich sehen kann. Wie ich im Raum bin. Wie es ist, im Tiny House zu sein. Wie kommt man bitteschön auf die Idee, ein Gemüsebeet anzulegen? Wo soll das hinführen? Eine Grenzüberschreitung, ganz klar. Ich habe beteuert, mich lediglich proaktiv einbringen zu wollen. Das haben alle nachvollziehbar gefunden.

Die meisten Mitarbeiter der *Modern Home GmbH* haben sich auf einen speziellen Marketingsprachstil festgelegt. Sie reden auch während der Kaffeepause so wie in einem Imagevideo, in dem sie sich selbst, das Unternehmen oder ein Produkt bestmöglich vorstellen. Alles ist ein Produkt, wenn du daran glaubst, dass alles ein Produkt sein kann, sagt Helene. Sie ist die allerbeste Marketingmitarbeiterin, die ich mir vorstellen kann.

Die Interessenten kommen und gehen, sie ziehen nicht um, sondern durch die Häuser, auf der Suche nach einem Grundriss, der ein Leben verheißt, das sich lohnen könnte.

Wenn ich gut gelaunt bin, lächle ich sie an, und mein Lächeln vermittelt: Mehr braucht ihr doch nicht. Was ihr seht, ist mehr als genug. Oder mein Lächeln vermittelt nichts. Wer weiß das schon. Ich poste ein Foto des Schreibtisches auf Insta, weil ich vertraglich dazu verpflichtet bin, in den sozialen Netzwerken Präsenz zu zeigen. Maxim reagiert mit drei Raketen-Emojis. Ich finde das sinnlos und bin ein bisschen traurig, aber nicht lange.

Das Tiny House ist 24 Quadratmeter groß. Die einzige Innentür führt zum Badezimmer, es handelt sich um eine Schiebetür, die es mir erlaubt, mich in einen Bereich zurückzuziehen, wo ich nicht gefilmt werde. Laut Vertrag darf ich im Badezimmer maximal 90 Minuten pro Tag verbringen, damit ich mich nicht vor den Zuschauern verstecke. Tagsüber wird das Hub-Bett hochgefahren, damit man unten mehr Platz hat. Manchmal stelle ich mir vor, wie ich von dem Bett erschlagen werde. Ich weiß die Übersichtlichkeit zu schätzen, und ich bemühte mich, ein guter Wohnender zu sein. Darunter versteht das Publikum – wenn man den Online-Umfragen der Marketingabteilung Glauben schenken mag – eine gemütliche Atmosphäre, die sich zum Beispiel aus entspanntem Teetrinken bei Kerzenschein ergeben kann. Ich soll Zufriedenheit vermitteln. Wenn die Kunden merken, dass es mir gefällt, in einem Tiny House zu wohnen, wollen sie auch eines haben.

Ich koche eine Gemüselasagne, denn bald kommt Rainald Goetz zu Besuch. Hoffentlich hat er mich nicht vergessen.

Den Roman *Irre* zu lesen hat mich damals sehr getröstet. Es ist mir so vorgekommen, dass *die große Kaputtheit* enttarnt, ihre Geheimnisse gelüftet sind. Trügerische Sicherheit, Naivität, aber, na ja, immerhin Trost, Hoffnung, Zuversicht, ist doch gut, nicht? Was, was, was? Nur nicht durchdrehen, das ist die Hauptsache.

Ich hole noch mehr Gemüse aus dem Garten. Das Essen wird rechtzeitig fertig, ich habe mich sehr bemüht. Die Zeit vergeht, Rainald Goetz ist immer noch nicht da. Ich trage es mit Fassung. Beim Warten gehe es nicht darum, ob es vergeblich sei, sagt Helene.

Ich lese ein Rundschreiben der Geschäftsleitung von *Modern Home*, in dem die Angestellten darüber in Kenntnis gesetzt werden, dass man auch im vergangenen Quartal unter den Erwartungen geblieben sei, weshalb es aktuell nur eine mögliche Handlungsweise gebe: *pushen, pushen, pushen!*

Ich schreibe Helene, ich hätte eine Gemüselasagne für sie gekocht. Helene antwortet: *Sorry, bin krankgeschrieben, hab Magen-Darm.*

Wenig später schickt mir Maxim eine Nachricht. Er hat Konzertkarten geschenkt bekommen. Heute schafft er es leider nicht mehr hierher. Mir kommt es vor, als meide er die Musterhaussiedlung. Kurz überlege ich, ob ich meine Vermutung zur Sprache bringen soll. Ich entscheide mich dagegen und antworte: *ok, boy.*

Niemand will die Lasagne essen, die ich gekocht habe. In *Wallensteins Tod* schreibt Friedrich Schiller: *Da steh ich, ein entlaubter Stamm!* Ja, denke ich, ja, das stimmt.

Ich lege mich auf die Couch und schaue in eine der Kameras. Es ist ungewöhnlich ruhig. Obwohl dieser sonnige Freitagnachmittag gut geeignet wäre, um durch die Siedlung zu schlendern und *Wohnträume* zu besichtigen, sind nur wenige Interessenten unterwegs. Die Siedlung ist zur Ruhe gekommen. In der Zeitung steht, der Immobilien-Boom sei vorbei, die Baustoffe seien viel teurer geworden.

In den nächsten Tagen und Wochen koche ich oft Kraut, das gibt mir Halt. Ich nehme mir vor, mehr Sport zu treiben und weniger Schokolade zu essen, ich höre *Joy Division* und ghoste Maxim. Seine Nachrichten werden immer fordernder. Ich habe keine Lust mehr, ihm jemals wieder zu antworten. Soll er doch ins Tiny House kommen, wenn ihm etwas an mir liegt.

Helene hat gesagt, dass ich angespannt und erschöpft wirke. Zur Aufheiterung hat sie mir eine Flasche *Stroh 80* geschenkt, eine Spirituose auf Rum-Basis, die meine Großmutter hin und wieder zum Backen verwendet hat und die man meines Wissens nicht pur trinkt, aber wer weiß, was das Leben noch bringt.

Als ich eines Morgens mein Müsli esse, bemerke ich, dass draußen etwas vor sich geht. Die Angestellten laufen aufgescheucht herum. Die Interessenten drängen zu den Ausgängen, steigen in ihre Autos, um den Eigenheimtraum an einem anderen Ort oder ein anderes Mal weiterzuverfolgen. Ich wende mich an eine Kollegin, die mich in letzter Zeit hin und wieder begrüßt hat, um in Erfahrung zu bringen, was los ist.

»Meine Kunden sind davongelaufen, bevor sie unterschrieben haben«, sagt sie verstört, während ich am anderen Ende der Siedlung Rauch aufsteigen sehe. Sirenengeheul, na, das wird aber auch Zeit.

Die Einsatzkräfte können den Brand schnell löschen. Aber dieses erste Feuer verändert die Stimmung in der Musterhaussiedlung. Das Misstrauen zieht ein. Die Brandursache ist zunächst unklar. Schließlich legt man sich darauf fest, dass es Brandstiftung gewesen sein muss. Die Bösen wollen uns einschüchtern. Sie können innovative Wohnkonzepte nicht ertragen. Als die Bösen werden firmenintern alle Kräfte bezeichnet, welche dem Unternehmen Schaden zufügen wollen. Dazu zählen nicht nur Personen, sondern auch Ereignisse und längerfristige Prozesse. Ich glaube nicht an die Bösen, ich tue nur so, und ich gehe davon aus, dass es der größte Teil der Belegschaft ähnlich hält. Das esoterisch-verschwörungsideologische Gefasel des Firmengründers erzeugt keine breitere Resonanz, sein YouTube-Channel hat nur wenige Abonnenten. Nachdem aber immer wieder Musterhäuser niederbrennen, dürfte die Behauptung, die Siedlung sei existenziell bedroht, nicht völlig falsch sein. Die Medien berichten über die *mysteriöse Brandserie*. Das ist nicht die Art von Werbung, die man sich wünscht. *Bad publicity is better than no publicity* – leider ein Irrtum. Es verirren sich kaum noch Kunden in die Siedlung.

Umso wichtiger ist der Stream. Ich bemühe mich, möglichst anschaulich zu wohnen. Früher oder später wird mein Tiny House, das nicht meines ist, weil es mir nicht gehört und ich es mir niemals leisten könnte, abbrennen.

Da kann man nichts machen, was will man schon machen, warum wollen immer alle was machen? Viel wird darüber diskutiert, wer die Häuser anzündet. Ich beteilige mich nicht an den Spekulationen. Als ich eines Abends meinen Vorsatz, mehr Sport zu treiben, in die Tat umsetze und durch die Siedlung jogge, ist es so weit.

Ich sehe bei den Löscharbeiten zu. Mein Schreibtisch steht neben dem Gemüsebeet. Die Brandstifter müssen ihn nach draußen getragen haben, ehe sie das Tiny House anzündeten. Zunächst gehe ich davon aus, meine Zeit in der Siedlung sei zu Ende. Das Tiny House ist abgebrannt, es hat keinen Sinn, wenn ich in einer vom Feuer verwüsteten Ruine hause. Aber wie sagen Fußballprofis so schön: *Ich habe noch Vertrag.* Und den werde ich erfüllen. Denn die Geschäftsleitung hat sich etwas überlegt. Ein Übergangsquartier, ein ganz kleines Tiny House. Innerhalb weniger Stunden ist es aufgebaut. Es sieht auf den ersten Blick aus wie eine Gartenhütte, die man in jedem beliebigen Baumarkt kaufen kann. Aber es ist eine *smarte* Gartenhütte.

Und ich muss sagen, mir fehlt es an nichts. Ich schlafe auf dem Schreibtisch, ich schreibe sowieso fast nicht mehr. Der Stream erfreut sich großer Beliebtheit, manche Menschen sind online auf der Suche nach Kuriositäten. Ich erfülle ihr Bedürfnis danach. Es tut gut, wenn man merkt, wie sehr die eigene Arbeit wertgeschätzt wird.

Die *Modern Home GmbH* hat auf Anraten externer Berater eine *Mental-Health-Initiative* gestartet. Alle sind jetzt sehr freundlich und bemühen sich, ihre Zufriedenheit zur Schau zu stellen. Sogar mich behandeln sie zuvorkommend und empathisch. Häufig werde ich gefragt, ob ich etwas brauche, ob sie mich irgendwie unterstützen könnten, ob sie mir etwas Gutes tun könnten. Dann lächle ich und sage: »Nein.«

Den Alltag zu meistern bereitet mir wenig Mühe. Nur hin und wieder kommt es zu kurzen Aussetzern. In einer Erzählung von Clemens Setz lese ich den Satz: *Er stand auf, zog sich Sandalen an und ging in den Garten randalieren.* Da denke ich: Ja, genau das. Und das tue ich dann auch, aber nicht lange. Man sieht über das Quäntchen Unberechenbarkeit hinweg, das sich in mir verbirgt. Denn alles in allem machst du einen super Job, sagt man mir. Ich bedanke mich.

Ein neues, besseres Tiny House wird errichtet. Man muss sich keine Sorgen machen. Wer sich Sorgen macht, muss weg. Das hat die Geschäftsleitung in einem Rundschreiben klargemacht. Diese rigorose Vorgehensweise gegen *Sorgenmacherei und negative vibes* ist Teil der Mental-Health-Initiative.

Als es Herbst wird, brennt die Gartenhütte nieder. Glücklicherweise ist das neue Haus beinahe bezugsfertig. Ein paar Tage schlafe ich im Freien, es ist nachts bereits ziemlich kalt. Ich kuschle mich in meinen Schlafsack, der *Stroh 80* wärmt mich. Dann erhalte ich die Erlaubnis, ins neue Tiny House zu ziehen. In der Siedlung hat man sich an die Brände gewöhnt, die Kunden sind auch wieder zurück. Hin und wieder kommt es zu Verhaftungen von Verdächtigen, die man für Brandstifter hält. Wenige Tage später geht wieder ein Gebäude in Flammen auf. Na ja. Was will man machen? Es wäre übertrieben, die Siedlung aufzugeben. Auch im antiken Rom, wo an die hundert Feuer täglich keine Seltenheit gewesen sind, hat man gelernt, mit der hohen Brandgefahr zu leben.

Maxim ruft mich an und bittet mich, die Siedlung zu verlassen und zu ihm in die Villa neben der Fruchtsaftfabrik zu ziehen. Er ist – nach langem Hin und Her – nun doch in den Konzern eingestiegen. Seine Familie ist seit Generationen in der Getränkeerzeugung tätig. Mit mir hat er nie viel über das Unternehmen geredet. Einerseits hat er betont, selbst entscheiden zu wollen, wie er sein Leben verbringe, andererseits ist er stolz auf die offenbar hohe Qualität der erzeugten Säfte. Einmal hat er zu mir gesagt, sie seien wie die *Eckes-Granini Group*, nur geiler. Mir hat sich nicht erschlossen, wie er das gemeint hat, und ich habe nicht nachgefragt, weil ich kein besonderes Interesse an Fruchtsäften habe. Am liebsten trinke ich Wasser und ab und zu hochprozentige Spirituosen.

Maxim sagt, es gebe für mich keinen Grund, noch bei *Modern Home* zu arbeiten, er könne mich finanziell unterstützen.

»Das könnte dir so passen, du wirst mich niemals kaufen können, du Fruchtsaftknilch«, sage ich.

Maxim ist gut darin, die Rolle eines Erben und Unternehmers, der sich seiner sozialen Verantwortung bewusst ist, zu verkörpern. Was er sich wünscht, ist Dankbarkeit. Das sagt er natürlich nicht. Und die kriegt er von mir auch nicht, niemals. Ich komme allein zurecht. Das wäre zumindest mein Ziel.

Ein Hersteller von Fertigteilhäusern in Holzriegelbauweise versucht, mich abzuwerben. Man erklärt sich bereit, eine beträchtliche Ablösesumme zu bezahlen. Dass man mit mir derart handeln kann, ist mir nicht bewusst gewesen. Ich muss zugeben, ich habe den Vertrag nur überflogen. Die Geschäftsleitung von *Modern Home* entscheidet sich nach reiflicher Überlegung dafür, mich zu halten. Man möchte in ein neues Marktsegment vordringen: luxuriös ausgestattete Baumhäuser. Also ziehe ich bald wieder um. Man kommt auf die Idee, eine Einweihungsparty zu veranstalten. Ich bin nicht begeistert davon, viele Menschen in mein Baumhaus zu lassen, das niemals mein Baumhaus sein wird, ich meine, ich kaufe mir doch kein Premium-Baumhaus, wer will denn so was haben, ich mache hier nur meine Arbeit.

Aber mich fragt ja niemand um Erlaubnis, also findet die Party statt. Mir ist es immerhin gelungen, auf das Speisen- und Getränkeangebot Einfluss nehmen zu dürfen. Es gibt Canapés und *Stroh 40* – ein Kompromiss. Den Wunsch nach achtzigprozentigem Alkohol hat man mir nicht erfüllt. Manche der Kundenberaterinnen zeigen sich besorgt, ich könnte während meiner Tätigkeit für *Modern Home* ein Alkoholproblem entwickelt haben. Ganz im Sinne der Mental-Health-Initiative – *take care of each other* – berühren sie mich sanft an der Schulter und sagen, ich könnte mit ihnen über alles reden.

Ein paar Tage später bin ich krank. Die Grippe weist

mich in die Schranken, und ich verwerfe die irrwitzige Idee, allein zurechtzukommen. Warum ist hier niemand, der mir Suppe kocht? Wieso will niemand wissen, wie es mir geht? Helene ist im Kaukasus wandern, sie schickt mir auf WhatsApp ein Foto.

Während ich auf dem Schreibtisch liege, lese ich ein Interview, das Maxim einer Wirtschaftszeitung gegeben hat. Er findet Vermögenssteuern unsolidarisch, sieh an. Warum gibt es kein Bett in diesem Baumhaus? In der Gartenhütte ist nicht genug Platz gewesen, da habe ich mich nicht beschwert. Aber nun wäre es möglich, mir ein Bett zur Verfügung zu stellen.

Online werden Wetten darauf abgeschlossen, ob das Fieber bei der nächsten Messung gefallen oder gestiegen sein wird. Ich bin enttäuscht von meiner Fancommunity. Die Geschäftsleitung auch. Zwar sehen sich viele Leute an, wie ich lebe, aber sie kaufen zu wenige Premium-Baumhäuser und Tiny Houses. Ich sorge zwar für mediale Präsenz, aber nicht für den gewünschten Umsatz, heißt es in einer Nachricht an mich. Mit 40 Grad Fieber schleppe ich mich zum Fenster, öffne es und schreie hinaus: »Den Umsatz muss der Vertrieb machen, nicht ich! Der Vertrieb, hört ihr, der Vertrieb!« Dann ruft mich Rainald Goetz an, aber ich weiche zurück und hebe nicht ab, weil der Klingelton mich mit einem Mal an Totenglocken erinnert. Im Fieberwahn schalte ich die Kameras aus. Ich zerstöre sie nicht, ich flippe nicht aus, ich bin ganz ruhig. Mir ist bewusst, dass das Konsequenzen haben wird. *It's all over now*, aber so kann es nicht weitergehen. Zwei Vertriebsmitarbeiter steigen die Leiter hoch, packen mich und werfen mich aus dem Baumhaus. Ich bin – soweit ich das beurteilen kann – nicht lebensgefährlich verletzt. Ein paar Rippenbrüche vielleicht, ein ausgeschlagener Zahn. In meinem Mund sammelt sich Blut. Ich schreie, ich hätte auch einen Hut gehabt, obwohl das nicht stimmt. Man reagiert nicht auf mein Rufen. Ich habe gegen meinen Vertrag verstoßen, indem ich die Kameras abgeschaltet habe. Man hat mir nichts mehr zu sagen, ich bin raus. Fiebernd und blutend wanke ich in Richtung des Autobahnzubringers. Die Musterhaussiedlung im Rücken, schaue ich hoch zu den Sternen.

2

Der Kaffee im Krankenhaus ist besser als erwartet. Überhaupt gefällt es mir hier außerordentlich. Ich darf in einem richtigen Bett liegen. Vorbei die Zeiten, als ein Schreibtisch mein Schlafplatz gewesen ist. Man kümmert sich gut um mich, die Schmerzmittel sind von hervorragender Qualität. Dass ich aus dem Baumhaus geworfen worden bin, hat einen Pneumothorax zur Folge gehabt. Luft ist in die Pleurahöhle eingedrungen, den Spalt zwischen Lunge und Brustwand. Der rechte Lungenflügel ist in sich zusammengefallen. Die Operation verlief ohne Komplikationen, eine Vollnarkose killt allen Schmerz. Leider nur für begrenzte Zeit. Danach hat man mir gesagt, es sei alles gut gegangen. Ich erhole mich bestens. Nach sechs Tagen gnadenreichen Ibuprofen-Friedens werde ich entlassen in die kalte, unwirtliche Welt jenseits der Krankenhausmauern, wo mir niemand Essen ans Bett bringen wird. Wie schade.

In den nächsten Wochen verwende ich einen großen Teil meiner Energie auf Wohnungsbesichtigungen. Dahin zurückzukehren, wo ich gewesen bin, bevor ich im Tiny House gewesen bin, kann ich mir nicht leisten. Neue Investoren treiben neue Projekte voran, in denen ich keine Rolle spiele. Bei den Besichtigungen bemühe ich mich, den Eindruck zu erwecken, ich könnte vorbildlich und sehr ordentlich wohnen. Leider wird bezweifelt, ob ich die Miete

pünktlich bezahlen und eine Wohnung in einem mängel-
freien Zustand belassen kann.

»Sind Sie ein Psycho?«, fragt mich ein Vermieter.

»Nein«, antworte ich. Diese Bezeichnung ist mit der gebotenen Entschiedenheit zurückzuweisen. Aber ich kann
seine Bedenken nicht ausräumen, er schickt mich weg. So
wie zahlreiche Vermieter vor ihm es getan haben und viele
weitere es tun werden.

Ich denke in jenen Tagen, in denen ich von einer leeren
Wohnung zur nächsten wandle, viel an Thomas Mann, der
in einem Brief an seinen Bruder Heinrich über die Hochzeit mit Katia Pringsheim geschrieben hat, er habe geruht,
sich eine Verfassung zu geben. Also werde ich Fahrradbote. Ich erhoffe mir, durch diesen Job in den Augen von
Wohnungseigentümern aufgewertet zu werden, um nicht
mehr sagen zu müssen, ich sei ein Autor, der zurzeit nicht
schreibt. Das ist ja auch wirklich sehr wenig. Ein bisschen
mehr muss man schon sein, im besten Fall ein ordentlicher, braver Bürger, ja, dann werden mir die Wohnungen
nur so zufliegen.

Ich erhalte Dienstkleidung und sogar einen Arbeitsver-
trag, was ich positiv finde. Nachteilig ist, dass mir kein
Fahrrad zur Verfügung gestellt wird. Natürlich könnte
ich eines stehlen, aber ich entscheide mich dagegen und
erwerbe ein altes Fahrrad über *willhaben*. Es ist in keinem
guten Zustand, aber das bin ich ja auch nicht. Wir passen
zusammen. Ich rase durch die Straßen, trotze allen Witte-
rungsverhältnissen, der Regen schlägt mir ins Gesicht, das
Essen wird kalt. Ich liefere Pizza, Pasta, Burger und Sushi
aus. In unregelmäßigen Abständen werde ich fast über-

fahren. Aber mit jedem unfallfreien Tag fühle ich mich stärker, härter, besser. Ich komme mir beinahe unverwundbar vor. Dann knalle ich gegen die Tür eines schwarzen BMW. Good old Ibuprofen, und schon geht es weiter, Krankenstand wird nicht gern gesehen, ist überhaupt nicht vorgesehen, so fangen wir hier gar nicht erst an. Maxim bestellt sich eine Pizza Spinaci, ich übernehme die Lieferung.

»Was machst du denn hier?«, fragt er. Seine Augenringe sind tief, er sieht müde, abgekämpft und unzufrieden aus. Ohne mich scheint es ihm nicht gut zu gehen. Sogleich denke ich pflichtbewusst, dass diese Schlussfolgerung unzulässig ist. Ich habe keine Ahnung, warum es ihm gut oder schlecht geht. Wir wissen im Grunde sehr wenig voneinander.

»Arbeiten«, sage ich.

»Du siehst gar nicht gut aus«, behauptet Maxim. Er wirkt weder besonders überrascht noch erfreut, mich zu sehen. Ich halte ihm den Pizzakarton hin, er nimmt ihn zögerlich.

»Elf Euro bitte.«

»Ich hab online bezahlt. Warum hast du nicht auf meine Anrufe reagiert? Wieso hast du mir nicht geschrieben?«

»Ich bin im Krankenhaus gewesen.«

»Weiß ich. Das hab ich natürlich alles online verfolgt. Du hast ja viel gepostet.«

»Du hättest mich besuchen können.«

»Ich bin mir nicht sicher gewesen, ob du das möchtest.«

»Hier steht Barzahlung bei Lieferung«, sage ich.

»Ich habe bezahlt. Mit PayPal.«

Dann greift Maxim doch in seine Hosentasche und zieht einen Hunderteuroschein heraus.

»Rest ist für dich.«

Ich ziehe in Betracht, ihn zu beschimpfen, habe aber keine besondere Lust dazu und lasse es bleiben. Maxim sagt, ich solle doch reinkommen. Selbstverständlich habe er mitverfolgt, wie meine Fanbase kontinuierlich gewachsen sei. Für ihn sei es unverständlich, warum ich mir diese Popularität nicht zunutze mache. Ich müsste mich darum kümmern, meine Bekanntheit zu monetarisieren.

»Wir sollten Kapital aus dir schlagen.«

Das klingt für mich nicht angenehm. Ich will meinen Followern nicht zu viel Aufmerksamkeit schenken. Ich habe immer schon Fotos gepostet. Vom Tiny House. Vom Baumhaus. Vom Krankenhaus. Tag für Tag liefere ich Content. Das mache ich nebenbei. Darauf verwende ich zwar viel Zeit, aber es bestimmt mein Leben nicht.

Was zählt, ist die Realität. Dass die Cheeseburger rechtzeitig beim Kunden ankommen. Dass mein Vermieter zufrieden ist. Ein pensionierter Steuerberater hat mir für begrenzte Zeit das Bett im ehemaligen Kinderzimmer seines längst ausgezogenen Sohnes für einen fairen Unkostenbeitrag zur Verfügung gestellt. Das ist zwar noch keine ganze Wohnung. Aber es ist ein Anfang, und jedem Anfang wohnt irgendwas inne. Nur weil meine Follower online mitverfolgen wollen, wie es mir ergeht, heißt das nicht, dass ich mein Leben nach ihnen ausrichten sollte. Maxim ist diesbezüglich anderer Meinung.

»Kennst du die Saurigs?«

»Nein.«

»Das sind zwei Brüder, die eine Unternehmensberatung gegründet haben, wobei sie sich auf den Online-Markt fokussieren und ...«

»Moment mal, sind das solche Leute, die in YouTube-Werbungen auftauchen und fragen, ob sie einem erklären dürfen, wie man reich wird?«

Maxim zuckt mit den Schultern. »Die bringen klassisches betriebswirtschaftliches Grundlagenwissen kompakt rüber und erweitern es unter Rücksichtnahme auf die speziellen Herausforderungen digitaler Transformationsprozesse.« Meint er das ernst? Warum redet er wie ein Vermögensberater? Oder macht er sich über mich lustig? Ich schüttle nur den Kopf, drehe mich um und gehe.

Das Café Weidinger ist fast leer. Ich bin mit Helene verabredet. Weil ich zehn Minuten zu früh da bin, beginne ich zu überlegen, ob Helene tatsächlich auftauchen wird oder ob sie das Treffen vergessen hat. In letzter Zeit bin ich ziemlich oft vergessen worden. Makler haben sich nicht mehr daran erinnern können, einen Termin mit mir vereinbart zu haben. Bekannte haben vergessen, auf meine Nachrichten zu antworten. Ich denke, es wäre gut, mir auf irgendeine Art und Weise eine gewisse Wichtigkeit anzueignen. Eine Person zu werden, die weniger häufig vergessen wird. Das wäre gut.

Helene ist pünktlich, sie wirkt nervös.

»Alles okay?«, frage ich.

»Die drehen vollkommen durch«, meint sie.

»Ja«, stimme ich zu.

»Du weißt doch noch gar nicht, wovon ich spreche!«

Es geht offenkundig um die Geschäftsleitung der *Modern Home GmbH*. Es sei ein Machtkampf ausgebrochen, die Firmengründer seien zerstritten, unter den Angestellten haben sich Lager gebildet, die Quartalszahlen seien verheerend, der Tiny-House-Hype sei vorbei.

»Hat es den denn jemals gegeben?«, frage ich.

Helene zündet sich eine Zigarette an.

»Doch, doch. Wir hatten einen guten Ruf, die Leute haben uns weiterempfohlen, es ist total gut gelaufen, aber seit dieser Brandserie, du weißt ja«, sagt Helene, gerät ins Stocken, macht eine wegwerfende Handbewegung, »ich hänge da drinnen, verstehst du, ich hab Anteile an der Firma, ich hab sie mitfinanziert, ich hab drei Kredite laufen.«

»Was? Warum hast du Geld in das Unternehmen gesteckt?«

»Ach herrje, mit wem rede ich denn hier!«, ruft Helene.

Das war verletzend. Ich bin zwar nur der Typ, der dafür bezahlt worden ist, sich im Tiny House aufzuhalten. Für die Firma bin ich nicht viel mehr als ein Staubsaugerroboter gewesen. Ich habe mich im Tiny House hin und her bewegt. Aber ich bin durchaus imstande zu erkennen, wenn eine talentierte Marketingmitarbeiterin von der *Modern Home GmbH* zerrieben wird.

»Ich für meinen Teil bin ja aus dem Premium-Baumhaus gesprungen. Das kann ich sehr empfehlen. Die beste Entscheidung meines Lebens, würde ich sagen.«

»Du bist rausgeworfen worden.«

»Jacke wie Hose«, erwidere ich und nippe an meinem Bier. Helene fängt an, der Kellnerin von den Vorteilen eines Tiny Houses zu erzählen. Sie spricht von der Nachhaltigkeit, von der Reduzierung aufs Wesentliche, von den individuellen Planungsmöglichkeiten, von den Vorzügen des minimalistischen Wohnens und von unverbindlichen Kostenvoranschlägen. Als die Kellnerin hinreichend bekundet hat, kein Interesse am Erwerb eines Tiny Houses zu haben, wendet sich Helene wieder mir zu.

»Sorry«, sagt sie. »Berufskrankheit. Wenn ich eine Kundin sehe, kann ich nicht anders.«

»Das ist keine Kundin.«

Helene mustert die Kellnerin.

»Das wird noch«, sagt sie.

Dann betrinken wir uns. Früher hat mir das mehr Spaß gemacht. Helene redet viel über Berufliches, und ich rate ihr mehrmals, so zu werden wie ich. Fahrradkurier und Mieter eines Bettes – das ist der Siegerlifestyle. Nach einiger Zeit greife ich zu meinem iPhone. Besoffen ein paar Posts rauszuhauen ist nie falsch. Als Reaktion erhalte ich eine Flut von Nachrichten. Die Mitteilungen zu lesen fällt mir schon etwas schwer. Ich sehe verschwommen, aber ich erkenne eine Nachricht, die sich von den anderen abhebt. Martin Krämer hat mir geschrieben: *Dog, was geht? Hab deinen Stream sehr gemocht. Lust auf Collab?*

Warum nennt er mich Hund? Was will er von mir? Und was macht Martin noch mal konkret? Er ist in derselben Schule wie ich gewesen, einen Jahrgang über mir. Kurz nach dem Studium hat er irgendeine Firma mitgegründet. Ich google ihn. *Der Zahlungsdienstleister PayNice bietet eine große Bandbreite an Lösungen für den elektronischen Zahlungsverkehr.* Worte wie *Risikokapitalanlage, Börsenwert* und

Marktkapitalisierung scheinen aus einer Welt zu kommen, die mir sehr fern ist und vielleicht nah sein sollte. Ich fühle mich von ihnen unmittelbar betroffen, gemeint und verstanden.

»Was ist los?«, fragt Helene.

»Nichts.«

»Du wirkst beunruhigt.«

»Überhaupt nicht. Sollen wir noch was bestellen?«

Helene schüttelt den Kopf. Sie übernimmt die Rechnung, obwohl ich energisch dagegen protestiere.

»Du hast es zurzeit nicht leicht«, behauptet sie. Dabei geht es mir doch wunderbar! Es ist übergriffig, jemandem persönliche Probleme oder gar Traurigkeit zu unterstellen. Warum haben die Menschen Mitleid mit mir? Das muss sich ändern.

Während ich durch die Nacht wanke, lese ich noch einmal den Wikipedia-Artikel über *PayNice*. Fast stoße ich gegen eine Straßenlaterne. Aber die Engel meinen es gut mit mir, die Zukunft ist ein Versprechen, ich falle in traumlosen Schlaf. Dieses Bett ist mir zu klein, meine Füße ragen über die Bettkante hinaus.

3

»Was weißt du über die Finanzmarktaufsicht?«, erkundigt sich Martin. Er fokussiert mich, beugt sich über den Tisch, atmet schnaufend aus. Bei näherer Betrachtung wirkt er etwas ungepflegt, aus seiner Nase ragen viele kleine Härchen, sein Hemdkragen ist vom Schweiß verfärbt. Als er vorhin hereinkam, erweckte er den Eindruck eines makellosen Geschäftsmanns, der absolut hierher gehört. Dresscode Smart Casual. Dunkelblaues Sakko, weiße Sneaker, silberne Rolex. Das Fabios, ein exklusives italienisches Restaurant in der Wiener Innenstadt, ist für Leute wie ihn ein sicherer Hafen. Hier bin ich Mensch, hier esse ich Vitello tonnato, hier geht es nicht in erster Linie um die Nahrungsaufnahme, sondern um Zugehörigkeit und Verbundenheit.

»Dies und das«, lüge ich. Das ist maßlos übertrieben.

»Wir haben da so ein bisschen Stress. Schon seit Längerem. Wir restrukturieren zurzeit unsere Geschäftsbereiche, und ich hab mir gedacht, du könntest bei uns einsteigen, wenn du willst. Ich hab mir den Stream angesehen und mir oft gedacht, jemanden wie dich bräuchten wir im Team. Du könntest als Social-Media-Manager einen wichtigen Beitrag leisten. Wir suchen nach Leuten, denen wir bedingungslos vertrauen können. Und wir kennen uns schon lange, du bist immer zuverlässig gewesen, oder?« Soll ich ihm sagen, dass ich als Fahrradbote arbeite? Soll ich ihm von mir erzählen? Lieber nicht.

»Ja«, antworte ich.

Martin nickt zufrieden.

»Du musst mehr aus dir machen. Du bist jetzt mein Projekt, nicht mehr dein eigenes. Okay?«

»Also …«, setze ich zu einer ausführlichen Antwort an.

»Ach was, das wird super!«, unterbricht er mich.

Ein Moment unheimlicher Stille. Mich durchzuckt ein Fluchtreflex, ich könnte aufstehen und gehen, ohne zurückzublicken. Aber ich bleibe sitzen, streiche verlegen über die weiße Stoffserviette.

»Was hast du studiert?«

»Literaturwissenschaft und Soziologie.«

Er kneift die Augen zusammen. Dann fällt ihm ein, dass er keine Zeit mehr hat. Auf mich wirkt es, als hätte er jegliches Interesse an mir verloren. Er registriert, was ich denke, und erklärt mir, in seiner Position dürfe man keinen Leerlauf entstehen lassen. Lange habe er gebraucht, um zu lernen, Hektik in positive Energie umzuwandeln. Aber jetzt könne er das. Er schlägt zweimal mit der flachen Hand auf den Tisch und lacht, als hätte er einen Scherz gemacht.

»Am besten kommst du am Freitag mit. Wir machen einen kleinen Ausflug. Dann stelle ich dich den anderen vor.«

Online findet man zahlreiche kritische Berichte über *Pay-Nice*. Die Geschäftspraktiken seien dubios, das Firmenkonstrukt undurchsichtig. Aber der Aktienkurs klettert seit Jahren in lichte Höhen. Derart viele institutionelle Anleger können doch nicht falschliegen. Man verfügt sogar über eine deutsche Bankenlizenz. So unseriös kann ein solch großes Unternehmen im Finanzsektor gar nicht sein. Da gibt es sicherlich viele Kontrollen. Am Mittwoch schlafe ich schlecht und am Donnerstag noch schlechter, am Freitag geht es los. Wir fliegen im Privatjet nach Malaysia. Wir sind ungefähr fünfzehn Männer, die meisten wirken enthusiasmiert. Sie alle sind anscheinend bereits darüber informiert worden, dass ich dabei bin. Jeder, mit dem ich mich unterhalte, besetzt eine Führungsposition bei *PayNice*. Während des Flugs frage ich Martin, was wir in Malaysia tun werden.

»Teambuilding. Pumpgun, Jetski und ein bisschen Ausgehen.«

»Was?«

»Du wirst schon sehen«, sagt Martin. »Du solltest jetzt schlafen, dort wirst du wenig Zeit dazu haben.«

Wir stehen in einer Schießhalle am Rande von Kuala Lumpur, und ich verstehe den Instruktor nicht. Er spricht viel zu leise und nimmt offenbar an, wir verfügten bereits alle über wesentliches Grundlagenwissen im Umgang mit Handfeuerwaffen. Schutzbrillen und Gehörschutz werden verteilt. Dann geht es auch schon los. Ich bleibe abseits stehen. Wieso bin ich hierhergekommen? Vielleicht sollte ich dieses Goetz-Buch zu Ende schreiben. Oder Stellenanzeigen durchsehen und Bewerbungen schreiben. Ich gehöre nicht in eine Schießhalle in Malaysia, das ist kein guter Ort für mich. Dann bin ich auch schon an der Reihe. Die Pumpgun ist schwer, der Instruktor schüttelt genervt den Kopf und stellt sich neben mich. Er erklärt mir noch mal, wie ich sie halten muss. Der Rückstoß ist viel stärker als gedacht, die Waffe fällt mir fast aus der Hand. Ich habe das Ziel klar verfehlt. Wir schießen auf aufgemalte Zielscheiben, aber trotzdem.

»Ich will eigentlich nicht mehr«, sage ich zu Martin. Aber er nickt nur, hält einen Daumen hoch, lächelt. Wegen des Gehörschutzes versteht er mich nicht oder will mich nicht verstehen. Der Instruktor holt nun eine Reihe von Waffen, die anscheinend etwas Besonderes sind. Während er die jeweiligen Spezifika erläutert, mustere ich meine Mitreisenden. Sie wirken zufrieden, wobei ich nicht einschätzen kann, ob sie nur simulieren, gerne hier zu sein, um Martin und den anderen Firmengründern keinen Grund zu geben, an ihnen zu zweifeln. Keiner von ihnen schwitzt, was ich irritierend finde. Ich wische mir mit einem Papiertaschentuch den Schweiß von der Stirn, die Hitze und die hohe Luftfeuchtigkeit setzen mir zu. Die meisten von ihnen sind noch sehr jung. Nachdem sie geschossen haben, zücken die smarten Boys ihre Smartphones, checken ihre Mails oder die Börsenkurse. Vor ungefähr zehn Jahren, zu Beginn meines Studiums, bin ich im Sommer im Süden der Vereinigten Staaten unterwegs gewesen. In der Nähe von Brownsville habe ich eine Wahlveranstaltung der Republikaner miterlebt, auf der Bühne hat ein Mann mit Cowboyhut geschrien: »Put Obama in jail!« Die Menge hat gelacht, gejohlt, gebrüllt. Die Zuhörer haben Maschinengewehre wie Schmuckstücke getragen, die Waffe als stilbildendes Accessoire, als Objekt der Selbstvergewisserung. Daran erinnere ich mich, während der Instruktor ein Kreditkartenterminal holt.

Martin zückt eine goldene Karte. Kauft er gerade Waffen? Nein. Also ich denke nicht. Wozu auch? Er ist Mitgründer eines internationalen Zahlungsdienstleisters, eines Vorzeige-Start-ups. Ein aufrichtiger Geschäftsmann. Was täte er zu Hause mit einer Pumpgun? Einen Schießstand steuert er sicherlich nur hin und wieder zum Spaß an. Ein wenig Abwechslung vom ernsten Tagesgeschäft. Dennoch bin ich etwas beunruhigt, dass mich die Leute von *PayNice* als einen der ihren akzeptieren. Es könnte sein, dass in Wirklichkeit alles noch viel schlimmer ist, als man es sich vorstellt. Möglicherweise ist *PayNice* kein seriöses Unternehmen, sind die Bilanzen wirklich frisiert. Was in den Zeitungsberichten angedeutet wird, könnte stimmen. Ach, ich bin müde. In letzter Zeit bin ich viel allein gewesen. Da habe ich mich nach sozialen Kontakten gesehnt. Jetzt fällt mir wieder ein, wie schön es sein kann, allein zu sein. Wir geben die Schutzausrüstung zurück und verlassen die Schießhalle.

»Und jetzt geben wir so richtig Gas, oder?«, ruft Martin.

Leider ist es mir nicht gegeben, Begeisterung glaubwürdig darzustellen. Als wir im Taxi sitzen, stellt Martin fest, wie erschöpft ich aussehe, was ihn offenkundig enttäuscht, wenn nicht sogar verärgert. Er fängt an, über Leistung zu reden. Es sind leere, elonmuskhafte Phrasen, mit 40 Stunden Wochenarbeitszeit könne man nichts erreichen, nur absoluter Wille zum Erfolg führe zum Erfolg, und dergleichen mehr. Trotz dieser bereits schwierigen Stimmungslage frage ich, ob es bei *PayNice* keine weiblichen Führungskräfte gebe.

»Klar gibt es die. Nur diesmal sind die ausnahmsweise

nicht dabei. Niemand wird verpflichtet, an unseren Team-buildingreisen teilzunehmen. Aber was wir erschaffen wollen, kann nur gelingen, wenn man als Team zueinanderhält. Wenn man sich bedingungslos vertraut, sonst machen sie dich fertig, so schnell, das kannst du dir nicht vorstellen.«

Wen meint er damit? Wer will ihn *fertigmachen*? Meines Wissens hat die Staatsanwaltschaft München Ermittlungen aufgenommen. Ebenso wie die österreichischen Behörden. Die bayrischen Staatsanwälte hat Martin als *eindeutig unentspannter* als ihre Kollegen aus Wien bezeichnet. Die Firmensitze in München und Wien sind immer noch die Säulen des *PayNice*-Imperiums, wenngleich das Asiengeschäft an Bedeutung gewonnen hat. Martin bittet den Taxifahrer, etwas schneller zu fahren, denn wir hätten es eilig, im Hotel warteten Geschäftspartner auf uns.

Die Sky-Bar im obersten Stockwerk des Hotels ist in einem internationalen Stil eingerichtet, vergleichbar einer Cafeteria in einer Musterhaussiedlung. Wie sehr ich die Siedlung vermisse. Warum habe ich damals die Kameras ausgeschaltet? Ich habe so einen tollen Job gehabt, ich bin allein gewesen, musste nichts Schweres tragen, mir kein Essen auf den Rücken schnallen, keine Dienstreisen über mich ergehen lassen, ach. Man weiß erst zu schätzen, was man gehabt hat, wenn es längst verloren ist. Ein paar der *PayNice*-Boys gehen auf die Toilette und kommen sehr gut gelaunt zurück. Der Großteil von ihnen verhält sich absolut korrekt. Sie schreien nicht herum, sie sagen Bitte und Danke, sprechen in ganzen Sätzen, niemand lallt. Da kann man nicht meckern. Ich bin positiv überrascht. Sie wirken fit und vital, ihre Personal Trainer haben gute Arbeit geleistet.

Martin ist in ein Gespräch mit zwei malaysischen Unternehmensberatern vertieft, die hier auf uns gewartet haben. Ich mache ein paar Fotos und poste sie, ich vergesse nie, Content zu liefern. Der Tiny-House-Typ, der nach Malaysia gereist ist, geht grundlos viral, ich beobachte diese Entwicklung aufmerksam, als beträfe sie mich nicht. Die Anzahl der Follower steigt explosionsartig an. Und ein Video davon, wie ich aus dem Baumhaus geworfen werde, verbreitet sich ebenso rasant, es zieht über den Erdball wie eine Plage. Wer hat das denn gefilmt? Bekannte Streamer, Rapper, Fußballer, Promis der Kategorien A, B und C verbreiten es weiter. Bisher hatte ich circa 30 000 Follower, was nicht extrem viel ist. Was ist schon ein Like, das ist ein angedeutetes Nicken im Vorbeigehen, mehr nicht. Man darf sich deshalb nicht so wichtig nehmen, sollte bescheiden bleiben, das echte Leben nicht vergessen. Nun sind es schon 240 000, Tendenz steigend. Da wird es auch finanziell interessant, da könnte man sich Gedanken darüber machen, diese Reichweite zu nutzen. Meine Social-Media-Identität hat nicht so viel mit mir selbst zu tun. Mir kommt es vor, als blickte ich von außen auf diese Person. Wie eine Art Nahtoderfahrung. Man schaut auf den eigenen Körper, den man verlassen, von dem man sich entfernt hat. Während die anderen Cocktails bestellen, rücke ich ein Stück zur Seite. Je weiter der Abend voranschreitet, umso weniger beachten mich die *PayNice*-Boys. Ihre Insiderwitze verstehe ich ebenso wenig wie ihre Einschätzungen der aktuellen geschäftlichen Entwicklungen. Ich öffne *Apple Books* und kaufe mir einen Roman von Sibylle Berg. Während ich ein paar Seiten lese, bediene ich mich an den getrockneten Anchovis, Salzstangen und Nüssen, die auf dem Beistelltischchen neben mir drapiert sind. Plötzlich steht Martin vor mir.

»Was machst du denn da?«, fragt er.

Ich zucke mit den Schultern. Er nimmt mir das iPhone aus der Hand, legt es auf den Tisch und reicht mir ein Schnapsglas.

»Hier, trink das. Das macht dich wach.«

»Das ist Mobbing. Du nimmst mir mein iPhone weg, du lässt mich nicht lesen, jetzt muss ich dieses Getränk zu mir nehmen. Was ist da drin?«

Er lächelt nur. Wir stoßen an. Ich denke daran, dass Mama mich früher vor den coolen Jungs gewarnt hat. Vor denen, die mit zwölf schon geraucht haben. Die sind nichts für dich, geh ihnen aus dem Weg, hat sie mir geraten. Wie lange das schon her ist. Ich bin zu alt, um so unbeholfen und ziellos dahinzuleben. Sie hat ja recht gehabt. Die *Pay-Nice*-Boys sind kein guter Umgang für mich. Martin fängt plötzlich an zu hüpfen. Er grölt *Das rote Pferd*, ein Lied, das zu singen ab einem gewissen Alter schlichtweg nicht mehr erlaubt sein sollte. Dabei ist der Abend hier in der Hotelbar lange Zeit so vielversprechend gesittet verlaufen. Na ja. Der Raum um mich herum setzt sich in Bewegung, ich halte mich an meinem Stuhl fest.

»Geht es dir gut?«, höre ich jemanden fragen. Die Stimme dringt aus einem fernen Gebirge in das Tal, in dem ich hause. Ich denke: Finanzmarktaufsicht. Was für ein magisches Wort. Dann werde ich bewusstlos.

4

Nicht bewegen. Vielleicht kann ich mir einen Vorteil verschaffen, indem ich das Überraschungsmoment nutze. Als ich aufwache, bin ich der Überzeugung, den blassen Jungen neben meinem Bett überwältigen, ihm entkommen zu müssen. Ich blinzle kurz. Er trägt ein weißes Polohemd und eine beige Leinenhose. Ein unscheinbarer *PayNice*-Boy. Gestern ist er mir kaum aufgefallen. Noch halte ich die Augen geschlossen, er soll nicht wissen, dass ich schon wach bin. Er steht auf, dreht mir den Rücken zu, schaut auf die Stadt hinab.

»Gut geschlafen?«, fragt er.

Wodurch hat er bemerkt, dass ich aufgewacht bin? Ich springe auf.

»Ruhig, ganz ruhig! Hier, nimm ein Ibu, trink ein bisschen Wasser. Keine Panik!«

Ich schaue mich hektisch um.

»Was machst du hier?«

»Ich passe auf dich auf. Die ganze Nacht habe ich mich um dich gekümmert. Dich hat es umgehauen, erinnerst du dich? Man konnte dich nicht allein lassen, du bist total panisch gewesen. Ein paarmal bist du schreiend aufgewacht. Du hast solche Angst gehabt, du hast gezittert. Ich habe dich in meine Arme geschlossen.«

»Aha ... ähm, danke.«

»Das Jetski-Fahren haben wir leider verpasst«, sagt er.

»Macht nichts«, murmle ich.

Der blasse *PayNice*-Boy heißt Alen. Er trinkt keinen Alkohol, raucht nicht und nimmt keine Drogen. Ihm wird während der Geschäftsreisen häufig die Aufgabe zuteil, die anderen zu versorgen, vernünftig zu bleiben, das Schlimmste zu verhindern. Er hat in Cambridge, Paris und Berlin Informatik studiert. Mit 25 hat er promoviert. Ein paar Jahre hat er für Google gearbeitet. Jetzt ist er 29 Jahre alt und leitet die IT-Sicherheit bei *PayNice*. Er ist sehr groß, fast zwei Meter, schätze ich. Es wirkt, als könnte sein dürrer Hals den Kopf kaum halten. Sein Buckel wird sich in den kommenden Jahren und Jahrzehnten noch stärker ausbilden und ihm die Form verleihen, die seinem Wesen entspricht. Ich habe ein bisschen Mitleid mit ihm. Er ist sicherlich sehr klug und talentiert, aber er ist hier. Abkommandiert, um auf mich aufzupassen.

Martins Getränk hat mich nicht wach werden lassen, sondern außer Gefecht gesetzt. Er ist von diesem Effekt überrascht gewesen, hat meinen Absturz amüsant gefunden. Es seien nur ein paar Tropfen zugesetzt worden, um mich in Partylaune zu versetzen, habe Martin beteuert. Um welche Substanz es sich gehandelt hat, kann mir Alen nicht sagen. Erst jetzt fällt mir auf, dass meine linke Hand bandagiert ist. Als ich bewusstlos geworden bin, habe ich anscheinend ein Glas mitgerissen und mir die Handfläche aufgeschnitten. Alen hat die Wunde desinfiziert und verbunden. Plötzlich legt er sich auf den Teppichboden.

»Was soll das?«, frage ich.

Alen macht ein paar Übungen zur Stärkung der Nacken- und Rückenmuskulatur, na gut, dagegen habe ich nichts einzuwenden. Danach klappt er seinen Laptop auf. Er müsse nur kurz mit seinem Team sprechen, wir könnten in einer halben Stunde hinuntergehen, um etwas zu essen. Auf dem Schreibtisch liegen mehrere Smartphones, Tablets, Ladegeräte, Kopfhörer und Notizzettel. Alen hat gearbeitet, während er an meinem Bett Wache gehalten hat.

Das Hotelzimmer ist sehr geräumig. Hoffentlich muss ich es nicht selbst bezahlen. Mir ist nicht ganz klar, inwieweit ich bereits zu *PayNice* gehöre. Meine Teilnahme an dieser Geschäftsreise ist möglicherweise eine Art Assessment-Center. Mein Absturz gestern könnte als Scheitern ausgelegt werden, als Beweis dafür, dass ich nicht geeignet bin, in der Finanzwirtschaft zu bestehen. Ich nehme mir irgendeines der Tablets, öffne eine Bücher-App und versuche, mir einen Gedichtband von Friederike Mayröcker zu kaufen. Der Zahlungsprozess lässt sich nicht abschließen. Wie entstellt sehe ich aus, wenn Face-ID nicht funktioniert, denke ich, ehe mir einfällt, dass mir das Gerät nicht gehört. Ich bitte Alen, sein Passwort einzugeben. Ihn stört es nicht, wenn ich mit seinem Tablet hantiere und auf seine Kosten Lyrik kaufe. Was ist denn das für ein Chef der IT-Sicherheit? Na ja.

Die mayröckersche Sprachmacht heitert mich auf, ob ich in Kuala Lumpur oder anderswo in Scherben liege. Manchmal poste ich eine Strophe, die mir besonders gut gefällt, versehen mit ein paar Herzen und positiven, lebensbejahenden Emoticons, aber da tut sich nicht viel. Aus irgendeinem Grund geht Lyrik nur sehr selten viral, das ist schon ein großes gesellschaftliches Problem. Der Vorschlag des Schriftstellers und Verlegers Michael Krüger, jeder politische Redner solle vor seiner Rede im Bundestag erst einmal ein Gedicht vortragen, ist deshalb so wunderbar, weil er in der Realität zu Verständnislosigkeit führen würde, die einzugestehen der erste Schritt zur Besserung wäre. Eine Gesellschaft, die mit Poesie etwas anzufangen weiß, wäre imstande, Probleme zu lösen, die sonst für immer aufgeschoben und ungelöst bleiben werden. Angesichts der Dichtung könnte man zunächst erkennen, wie unterlegen man ihr ist. Das wäre ein Anfang. Alen begrüßt die Teilnehmer an der Videokonferenz in akzentfreiem Englisch und bittet um ein Update. Ihm wird von diesem und jenem Projekt berichtet, für mich klingt das alles rätselhaft, die Stimmung scheint ganz gut zu sein. Im Grunde halte ich mich selbst für ungeeignet, um für *PayNice* zu arbeiten. Ich gehe durch das Bild, aber Alen hat den Hintergrund ausgeblendet, niemand kann mich sehen, schade.

Dann erreicht mich ein Videoanruf. Maxim sitzt in seinem Büro im Fruchtsafthauptquartier. Seine Familie hat rund um den Unternehmenssitz, um die erste Produktionshalle, die sie besessen hat, alle Grundstücke aufgekauft und Villen und Bürogebäude gebaut, eine Reihenhaussiedlung für die Angestellten entwickelt, sogar einen kleinen Teich angelegt. Das Büro von Maxim ist zwar riesig, aber überall stehen Pappaufsteller und Werbetafeln für Säfte, Jubiläumseditionen mit Geschmacksrichtungen, die nur zeitlich begrenzt erhältlich waren. Ich bin nur einmal dort gewesen und habe mich sehr unwohl gefühlt. Der Unternehmenssitz ist ebenso ein Ort des Horrors wie die Fabrik und die monströse Mehrgenerationen-Familienvilla, aber das ist letztlich alles Geschmackssache. Die Produktion hat man vor vielen Jahren fast vollständig nach Rumänien verlagert, den Gründungsstandort hält man aus nostalgischen Gründen und weil es vielleicht auch Spaß macht, sich ein kleines Dorf untertan zu machen, indem man dort alles Land aufkauft. Wer weiß.

»Hab gehört, du bist im Fabios gewesen«, sagt Maxim.

»Ja, geschäftlich.«

»Schön«, sagt er. »Freut mich, dass du endlich etwas aus dir machst.«

Aber er klingt nicht so, als würde er sich freuen. Maxim kann mir nichts vormachen. Er möchte wissen, wo ich bin.

»In Paris«, behaupte ich. Dann erzähle ich von einer Sonderausstellung im Musée d'Orsay. Auf der Website des Museums könnte man erkennen, dass ich lüge. Aber es gibt keinen Grund, am Wahrheitsgehalt meiner Aussagen zu zweifeln. Maxim fokussiert einen Punkt hinter mir. Ach, er hat Alen gesehen. Maxim hat es gemocht, als ich ein sozial isolierter Kleinhäusler gewesen bin. Er hat gewusst, wie wichtig er für mich gewesen ist. Und das hat ihm gefallen.

»Das ist Alen. Er redet nur kurz mit seinem Team, und dann gehen wir frühstücken.«

»Aha«, murmelt Maxim.

»Ich muss dann los, wir hören uns, ja?«

Maxim ist einen Moment still. Ist das Bild eingefroren, oder bewegt er sich nur nicht? »Wir bringen eine neue Geschmacksrichtung an den Start. Kirsche-Papaya. Das wird groß«, sagt er schließlich. Dabei klingt er schutz- und hilflos.

»Viel Glück«, antworte ich.

Alen spricht mich auf meine Social-Media-Profile an, er wirkt ehrlich interessiert daran, wie die Zahl der Follower zustande gekommen ist. Die Wahrheit ist, dass ich das selbst nicht so genau sagen kann. Wohin die Masse der User klickt und wohin nicht, ist natürlich kein Mysterium, sondern ein Stück weit lenk- und erklärbar, aber nicht von einem einzelnen Content-Creator wie mir. Alen wünscht sich Erläuterungen. Wie schafft man es, online auf sich aufmerksam zu machen? Ich denke, heutzutage kann das potenziell jedem gelingen. Wenn man früher bekannt werden wollte, musste man etwas sehr gut können. Fußball spielen. Schauspielern. Singen. Was auch immer. Heutzutage ist das nicht zwingend notwendig, wenngleich es natürlich nicht schadet. Es gibt Streamer, die ihre Reaktionen auf neue Songs und Games online stellen und damit ein riesiges Publikum erreichen. Es gibt Leute wie *Gurkensohn*, der sich dabei filmt, wie er Pommes isst. Und das sehen sich Millionen Menschen an. Öffentliche Selbstdarstellung ist nicht mehr Prominenten vorbehalten. Alle Menschen können sich permanent an die Weltöffentlichkeit wenden und inszenieren, sich durch Bilder und Videos immer neu entwerfen. Das ist wunderbar, es ist demokratisch und gut. Alen ist anderer Meinung.

»Meinst du nicht, dass es auch zu neuen Bedrohungen führt, wenn alle alles in die Welt hinausschreien können und dafür so viel Aufmerksamkeit kriegen?«

»Für die Cybersicherheit bist du zuständig«, antworte ich.

»Ja, leider«, erwidert Alen.

Er wäre gerne cool. Andere schaffen es, zu den *PayNice-*

Boys zu gehören, indem sie das richtige Mindset haben, die passenden Floskeln von sich geben, sich Netzwerke aufbauen. Alen wird immer darum kämpfen müssen dazuzugehören. Solange er in den Augen von Martin und Konsorten gute Arbeit leistet, wird man ihn tolerieren und bei Geschäftsreisen als Aufpasser mitnehmen. Wenn nicht, wird man ihn ersetzen und bald vergessen haben.

»Mir kommt das Verhalten von Martin auch ein bisschen unprofessionell vor, aber er ist eben so, der Erfolg gibt ihm recht«, sagt Alen fast entschuldigend. Sein Einfluss auf die Unternehmenskultur dürfte gering sein, er ist zu ruhig und zurückhaltend.

Martin hat mir noch nicht geschrieben. Ein bisschen stört es mich schon, dass er mir was ins Getränk gemischt hat. Warum macht er so was? Ich denke, tief in seinem Herzen ist er ein sehr guter Mensch. Unter der Schicht an Bankerattitüde schlummert sanft die Menschenliebe. Die groteske Zurschaustellung von Reichtum ist ihm vielleicht sogar zuwider, aber in seiner Position gehört sie zum Arbeitsalltag. Er braucht den Benz mit Chauffeur, auch wenn er keinen Wert darauf legt. Als Gründer des vielleicht prestigeträchtigsten Start-ups im europäischen Finanzsektor wird von ihm ein entsprechendes Auftreten erwartet. Eine Reise nach Kuala Lumpur ist unbedingt notwendig, damit die *PayNice*-Boys den Respekt vor ihm nicht verlieren oder nicht zu viel Respekt vor ihm haben, je nachdem.

Und da sitzt er auch schon am Frühstückstisch. Die Haare noch nass.

»Jetski war Wahnsinn«, sagt er freudestrahlend.

»Danke, mir geht es wieder einigermaßen gut«, entgegne ich.

»Das ist schön! Ja, also sorry not sorry, ich wollte nur, dass du etwas aus dir rauskommst, aber du bist dann einfach umgefallen. Na ja! Wir sind heute Morgen schon früh los, eineinhalb Stunden fährt man von hier bis ans Meer, da gibt es ein paar Spots, die sind ideal fürs Jetskifahren. Ich hab mir gedacht, es wird am besten sein, wenn du dich ausschläfst und Alen auf dich aufpasst. Dass wir dich nicht geweckt haben, ist in deinem Sinne gewesen, oder?«

Ich nicke, Martin beginnt zu erzählen. Er spricht von den neuesten Projekten, der Entwicklung der Bilanzen, den nächsten Herausforderungen, der Bedeutung bevorstehender Termine. Martin ist ein Geschichtenerzähler. Ihm dürfte bewusst sein, dass er seinen Erfolg der Fähigkeit verdankt, andere durch diese Berichte über schon eingetretene und sich bald potenzierende Erfolgserlebnisse zu begeistern. Sonst kann und weiß er nicht viel. So kommt es mir zumindest vor. Wenn man nachhakt und Detailfragen stellt, antwortet er meistens ausweichend, mit dem Kleinkram befasse er sich nicht selbst, darum kümmere sich sein Team. Vielleicht langweilen ihn Details auch bloß. Ihm geht es immer um alles, ums große Ganze, ums big picture, um die Fortsetzung seines kometenhaften Aufstiegs.

Stelle ich mir anstrengend vor, denke ich und nippe an meinem Orangensaft. Martin denkt sich ununterbrochen Geschichten aus, die er der Wirtschaftswelt servieren kann. Storys, die den Aktionären gefallen könnten. Kaum jemand überprüft sie auf ihren Wahrheitsgehalt, solange sie einerseits plausibel und andererseits geil – das heißt Erfolg und Geld versprechend – klingen. Während Martin vor sich hin pitcht, was für ein famoser Geist er ist und welch außergewöhnliches Unternehmen er aufgebaut hat, wirken die anderen *PayNice*-Boys matt und abgekämpft. Martin bittet einen, ihm die Verträge zu geben. Er legt sie – mit feierlicher Geste – vor mich hin. Ich schaue von meinem Frühstücksteller auf. Was haben diese Papiere mit mir zu tun?

»Ich denke, du passt sehr gut zu *PayNice*«, sagt Martin.

Dann redet er über Loyalität. Ein Lieblingsthema. Er will in seiner Nähe nur Leute, bei denen er sich *absolut sicher* sein kann. Totales Commitment, das Geheimnis des Erfolgs. Die *Vertrauensbasis* muss stimmen. Kurz frage ich mich: Meint er das ernst? Lacht er insgeheim über dieses Gerede? Ich denke nicht. Er wirkt glücklich, wenn er über Vertrauen spricht. Als ich anfange, die Verträge zu lesen, findet er das nicht gut.

»Das musst du nicht so genau prüfen. Das sind nur Formalitäten.«

Ich könne ihm vertrauen. Es klingt wie ein Befehl. Ich stelle mir vor, wie er die *PayNice*-Boys anschreit: Stillgestanden! Vertraut mir! Kein Gott, kein Staat, nur Martin. Nur nicht übertreiben. Er will nur ein bisschen Social-Media-Reichweite zukaufen, weiter nichts, die kann ich ihm liefern, das passt doch.

»Es ist alles wie besprochen«, fügt er sanft hinzu.

Wann haben wir was besprochen, du komischer Borderliner? Egal. Er mag ein besonderer Charakter sein, aber das bin ich auch. Mit dem werde ich schon fertig, schießt mir durch den Kopf. Ist das gnadenlose Selbstüberschätzung oder die richtige Einstellung? Ich unterschreibe hier, hier und hier. Perfekt.

»Mit der Aufsicht werde ich nichts zu tun haben, oder?«

Seine Laune verschlechtert sich schlagartig, der Vorwurf steht ihm ins Gesicht geschrieben: Warum sagst du so was? In den letzten Wochen sind zahlreiche Berichte erschienen, welche die Bilanzen von *PayNice* einer kritischen Prüfung unterzogen und Ungereimtheiten festgestellt haben wollen. In Martins Augen natürlich alles Schwachsinn, mit dem man sich nicht befassen sollte. Davon darf man sich nicht ablenken lassen. Er blendet aus, was ihm nicht gefällt. Zumindest nach außen hin. Nichts soll sein Image beeinträchtigen. Ein Sieger, gegen den die Finanzbehörden klein und schwach sind. Ob das langfristig gut gehen wird – geschenkt.

»Ich kümmere mich nur um Social Media, richtig? Oder habe ich noch weitere Aufgaben?«

Nein, die habe ich nicht. Wunderbar. Es ist an der Zeit, meine Follower über die Vorzüge der Zahlungsdienstleistungen von *PayNice* zu informieren. Das darf man nicht zu penetrant machen. Aber das werde ich nicht. Ich werde es so verpacken, dass sie mir dankbar sind für diesen guten Tipp. Ach. Das Leben ist im Grunde genommen schön, der Cappuccino schmeckt nicht schlecht, fast so gut wie damals im Krankenhaus, die Verträge sind unterschrieben. Es läuft wunderbar. Dass ich das noch erleben darf.

Mein Vermieter hat für nächsten Monat eine Mieterhöhung in Aussicht gestellt. Falls er den Vertrag überhaupt noch mal verlängert. Er sagt häufig: *Vielleicht musst du weg.* Die Mieterhöhung wird kein Problem mehr sein. Ich könnte mir eine andere Schlafstätte suchen, vielleicht gar eine eigene Wohnung. Ein Kinderzimmer in der Wohnung eines pensionierten Steuerberaters zu mieten verliert mit der Zeit seinen Reiz. Das kann man in bestimmten Lebensphasen schon machen. Langsam bin ich aber zu alt dafür.

Ich bin bei *PayNice* angekommen. Vom Schreiben leben zu wollen ist nichts weiter als ein vermessener, kindischer, gieriger Wunsch gewesen. Vor allem wenn man kaum schreibt. Endlich ein Job, eine Festanstellung wie ein Erwachsener. Sehr gut. Schon so alt, und immer noch frage ich mich: Was würde ein richtiger Erwachsener jetzt tun?

Und eines Tages, wenn ich mich anstrenge, nicht krank werde, Martins Zorn nicht auf mich ziehe und nicht in Ungnade falle, meine Position bei *PayNice* festige und eventuell sogar beruflich aufsteige, werde ich mir eine Villa leisten können, eine ganz kleine nur, mehr will ich gar nicht, eine tiny Villa, man könnte auch Einfamilienhaus dazu sagen, als Zeichen dafür, dass ich am Leben gewesen bin, und wenn ich sterbe, wird etwas da sein, worüber Erbstreitigkeiten ausbrechen können, sofern ich eines Tages Kinder haben werde, und so ist es richtig und gut. Ich sitze in Kuala Lumpur beim Frühstück und fühle mich so getröstet, ich könnte weinen, aber ich mache es nicht, was würden die Boys denken. Stattdessen hole ich mir noch einen Obstsalat vom Buffet.

5

Ich liege auf dem Boden in meinem Büro und drehe mich langsam auf die rechte Seite, damit sich der Käsepappeltee in meinem Magen verteilen und seine heilsame Wirkung entfalten kann. Meine chronische Gastritis behandle ich mit Rollkuren. Seit ich bei *PayNice* arbeite, sind meine Beschwerden so stark wie lange nicht. Die Räumlichkeiten finde ich kalt und menschenfeindlich. Auf *Kununu*, einer Bewertungsplattform für Arbeitgeber, werden die modernen Büros überwiegend gelobt. Ich könnte die Glaswände mit Postern bekleben, um vor missbilligenden Blicken geschützt zu sein. Wieso all dieses Glas, was spricht gegen Wände aus Beton? Oder wenigstens Gipskartonplatten. Seit ich bei *Modern Home* gearbeitet habe, interessiere ich mich – ohne es zu wollen – in besonderem Maße für Räume. Wie wirkt der Raum, welche Rolle spiele ich in ihm, wie verhält er sich mir gegenüber? Will er mich vernichten, oder ist er gut zu mir? Müsste der Schreibtisch nicht woanders stehen, was bedeutet die Inneneinrichtung für mein Energielevel? Fragwürdige, esoterische Gedanken, die mir zuwider sind.

»Was machst du da?«, fragt Ute, die plötzlich aufgetaucht ist und voller Verachtung auf mich hinabblickt.

»Selbstfindung«, sage ich.

Die Stimmung ist irgendwie gegen mich. Man sieht in mir ein Problem. Wen hat Martin da schon wieder angeschleppt? Ein Problem zu sein, finde ich zwar nicht unangenehm. Das nimmt etwas Druck raus. Aber es könnte sich als selbsterfüllende Prophezeiung erweisen: Man wird zu dem Wrack, für das man gehalten wird. Von mir wird mehrheitlich eine schlechte Performance erwartet. Die öffentliche Meinung über *PayNice* entscheidend zu beeinflussen werde mir nicht gelingen, nimmt man an. Zurzeit hagelt es Kritik von allen Seiten. Martin vermutet hinter der *Schmutzkübelkampagne* ein orchestriertes Vorgehen der *Mainstreambanken* und der *korrupten Eliten*, die sich vor revolutionären Zahlungsprozessen ängstigten.

Ich liege immer noch am Boden, Ute sieht mich schweigend an. Wartet sie, bis ich aufgestanden bin? Vorerst verharre ich reglos. Eine Pattsituation. Ich fange an zu schwitzen. Wenn Ute mich geringschätzig ansieht, löst das bei mir mitunter einen Schweißausbruch aus. Sie ist Anfang vierzig, durchsetzungs- und meinungsstark, schlagfertig und laut eigener Aussage dafür da, dass niemand den Karren gegen die Wand fährt. Tatsächlich scheint das andauernd jemand zu versuchen. Aber sie verhindert das Unheil, sie weist die Übermütigen in die Schranken, motiviert die Enttäuschten, demotiviert die Übermotivierten. Mir hat sie verboten, kurze Hosen zu tragen. Daran halte ich mich. Sie hat Marketing studiert, für unterschiedliche Unternehmen gearbeitet, ehe sie zu *PayNice* gewechselt ist. Ute sagt, anfangs sei ihr nicht klar gewesen, worauf sie sich eingelassen habe. Man lernt eine Unternehmenskultur erst nach und nach kennen, die Leute zeigen erst mit der Zeit, wie sie wirklich sind. Sie habe überlegt zu kündigen, aber dann habe sie eine Gehaltserhöhung verlangt und sei geblieben. Auf mich wirkt sie sehr kompetent, wobei ich diese Einschätzung daran festmache, dass sie imstande ist, die Funktionsweise und die Besonderheiten der Produkte und Dienstleistungen, die von *PayNice* angeboten werden, in groben Zügen zu beschreiben. Zumindest ist sie den durchschnittlichen Angestellten von *PayNice* weitaus überlegen. Gerade auch den Führungskräften. Das sind Hochstapler, Managerdarsteller, Jungen und Mädchen, die ihr Finanzwissen von YouTube, Signal und Discord beziehen. Das Durchschnittsalter der Angestellten ist niedrig, auch viele der Abteilungsleiter sind erst Mitte zwanzig.

Auf meinem Hemd haben sich Schweißflecken gebildet. Ich rapple mich auf.

»Na also«, sagt Ute.

Mein Blick fällt auf die Tätowierung auf ihrem linken Unterarm. Ein Pinguin. Diesen Pinguin mit Ute in Verbindung zu bringen fällt mir schwer, aber es ist gut, dass er da ist. Das macht es leichter für mich, hier zu sein. Ich bin nicht dafür gemacht, für ein internationales Finanzunternehmen zu arbeiten. Aber ich gebe mein Bestes. Anfangs hat mir der Pinguin nicht gefallen. Mittlerweile ziehe ich in Betracht, mir auch so einen stechen zu lassen. Als Zeichen dafür, wie dedicated ich bin. Wie dankbar für die Chance, etwas aus mir machen zu dürfen. Und nicht zuletzt sind Pinguine ja auch sehr schön und weise. Was Ute wohl dazu sagen würde? Sie erteilt mir die Anweisung, mein Sakko anzuziehen. Ich gehorche. Martin bittet um meine Teilnahme an einem Termin mit einem italienischen Politiker.

»Alessandro Russo ist ein guter Freund von Martin,

vielleicht sein bester überhaupt. Willst du ein kurzes Briefing?«

»Ja, klar«, sage ich.

Kurz bin ich stolz auf mich selbst. Es ist, als hätte ich nie etwas anderes gemacht. Termine. Briefings. Wie ich das alles hinkriege. Ich bin begeistert. Wenn nur mein Magen nicht solche unangenehmen Geräusche machen würde, könnte ich wieder einmal ein glücklicher Mensch sein.

»Russo ist ein ultrarechter Postfaschist, der die rechtsgerichtete, postfaschistische Regierung rechts überholen will. Da ist nicht mehr viel Platz. In den Umfragen liegt er zurzeit gut, also ist er häufig etwas überdreht.«

»Ich werde heikle Themen vermeiden.«

»Wie du meinst«, antwortet Ute und lächelt, als müsste sie die unsinnige Bemerkung eines Kleinkindes weglächeln.

»Kann ich vorher noch Mittagspause machen?«

»Nein«, sagt Ute.

Das ist schade. Denn dienstags und donnerstags treffe ich mich in der Mittagspause normalerweise mit Klara. Wir haben Sex im Pausenraum, auf der Couch neben dem Tischtennistisch. Der Pausenraum verfügt über Wände aus Beton, was ihn zum idealen Darkroom macht, zum allseits beliebten Safe Space inmitten der Glaswandübermacht. Begonnen hat alles damit, dass Klara zu mir gesagt hat: »Komm mal mit.« Und ich habe gehorcht, ich widersetze mich den Anweisungen nicht, die mir erteilt werden. Ich bin neu hier und noch dabei, mich einzuarbeiten. »Und jetzt leckst du meine Puchu.« Das georgische Wort *Puchu* ist mir nicht geläufig gewesen, aber die

Bedeutung hat sich glücklicherweise aus dem Kontext erschlossen.

Klara ist zweisprachig aufgewachsen, ihre Mutter stammt aus Georgien, aus einem Dorf am Schwarzen Meer. Sonst weiß ich wenig über Klara. Sie ist Programmiererin, leitet ein kleines Team, hat an der ETH Zürich studiert, ist mir insgesamt überlegen, das weiß ich zu schätzen. Ich habe ihr natürlich in einem Moment der Schwäche gesagt, wie viel sie mir bedeutet, und ich habe vorgeschlagen, dass wir uns einmal abends treffen könnten. Das passiert mir immer. Auch Maxim habe ich zu oft gesagt, was mir an ihm liegt. Lange ist das her. Die Zeit mit Maxim erscheint mir unendlich fern. Aber Klara will mich nicht in ihrer Freizeit sehen. Ihr reicht es, mich zweimal pro Woche in der Mittagspause im Pausenraum zu treffen. Stressabbau, sagt sie.

Die Meetings im Pausenraum sind natürlich das Schönste, was ich zurzeit erleben darf. Vielleicht überschätze ich deren Bedeutung, aber was soll's. Wenn ich morgens aufwache, denke ich an Klara. Sie hat mir gesagt, es falle ihr schwer, in einer Ausschließlichkeit zu leben. Ich habe behauptet, das träfe auch auf mich zu. Dabei bin ich auf der Suche nach Geborgenheit und Stabilität. Ich schreibe ihr, auf Martins Wunsch hin an einem Meeting teilnehmen zu müssen. *Werde es nicht pünktlich in den Pausenraum schaffen* ☹

Lustlos schlurfe ich zum Lift. Um ins oberste Stockwerk zu gelangen, braucht man einen bestimmten Schlüssel, den mir Martin mit feierlicher Geste überreicht hat. Wenn man den Aufzug verlässt, steht man im Zentrum seines Büros, was ich jedes Mal befremdlich finde.

Überraschenderweise geht es beim Treffen mit Russo um Beziehungen und Sexualität. Martin und er reden über die Rechte von gleichgeschlechtlichen Paaren in Italien. Russo ist letzte Woche bei einem Konzert des österreichischen *Volks-Rock-'n'-Rollers* Andreas Gabalier gewesen, der die Meinung vertritt, man habe es in dieser Welt schwer, wenn man »als Manderl noch auf Weiberl steht«.

Wieso redet Russo von Gabalier? Bin ich auf Drogen? Hat mir einer der Boys wieder was in ein Getränk gemischt? Ich fühle mich überarbeitet, Ute verlangt zu viel von mir, ich möchte zurück in mein Büro gehen und mir Käsepappeltee – oder diesmal vielleicht lieber Kamillentee – kochen und am Boden herumrollen.

Russo hört nicht auf, von Andreas Gabalier zu erzählen. Er bezeichnet sich selbst als Hardcore-Fan des Sängers, er spricht von einem Gabalier-Konzert in München, bei dem 90 000 Besucher gewesen seien und das seinen Blick auf die Welt entscheidend verändert habe. Er, Alessandro Russo, aufgewachsen in einem Dorf in Südtirol, mit hehren Zielen gen Rom gezogen, um die italienische Spitzenpolitik aufzumischen, habe sich gedacht: Warum sind nicht alle Menschen so wie diese hier? Warum ist die Gesellschaft insgesamt nicht so wie die Community bei einem Gabalier-Konzert? Wohin man blickt, nur Zusammenhalt und Freude. Keine Missgunst, kein Neid. Man hilft sich, hält sich aneinander fest, bevor man von der Bierbank kippt. Alles könnte so herrlich sein. Wären da nicht welche, die diesen Frieden störten. Und die sind das Problem! Gegen die gehe er, Russo, höchstselbst vor. Er präzisiert nicht, wen genau er meint. Niemand solle es wagen, den sozialen Frieden zu stören, speit Russo hervor. Er wirkt sehr aufgebracht. Italien, Europa, ja die ganze Welt brauche mehr konstruktives Miteinander, mehr Harmonie. Diese Forderung steht in hartem Gegensatz zu Russos wutverzerrtem Gesicht.

Martin lacht und fragt, was wir trinken wollten. Für Martin sind politische Äußerungen zum allergrößten Teil amüsantes Theater, mit dem man sich die Zeit vertreiben kann. Politische Debatten zu führen, empfindet er schnell als ermüdend oder sinnlos. Jene Themen, welche die Geschäfte von *PayNice* unmittelbar betreffen, muss man in Angriff nehmen. Aber aktiv, bloßes Gerede bringt nichts. Ziele setzen und sie erreichen. Wer sind die Leute, die was bewirken können, wie kommt man an die ran, was möchten die haben, wann machen wir einen Termin, zack, zack, zack.

Martin schätzt Alessandro Russo als Privatperson. Die beiden hätten eine ähnliche Vorstellung von Spaß, erklärt er mir. Stolz fügt er hinzu, sie würden sich schon eine Ewigkeit kennen. Dann geht es kurz ums Wesentliche. Russo hat um diesen Termin gebeten. Er versucht zu erklären, weshalb die Wahlkampfvorbereitungen deutlich kostenintensiver sind als erwartet. Martin nickt und sagt, Russo solle sich keine Sorgen machen. Damit ist die Sache erledigt. Er redet nicht davon, um wie viel er die Parteispenden erhöhen werde. Alle Details werden ausgespart. So wie immer, so wie es ihm am besten gefällt.

Wie lächerlich, denke ich. Wie der Boss eines Drogenkartells, der im Hinterzimmer einmal nickt, und alles geht seinen Gang. Was läuft falsch, dass man damit so gut durchkommt? Sein Erfolg ist irgendwie ein systemischer Fehler, doch zumindest einer, von dem ich profitieren kann. Martin ist offensichtlich leicht genervt davon, dass Russo nicht aufhört, über Andreas Gabalier zu sprechen. Gabalier habe in allem, was er sage, auf fulminante Weise recht, erläutert Alessandro Russo. Dass heterosexuelle Männer ja überhaupt nichts mehr zu melden hätten, sei offensichtlich.

Ich lache, Russo bemerkt es leider. Er sieht mich vernichtend an: Was soll das, du Null, wer bist du überhaupt, du bist wahrscheinlich noch nie auf einem Gabalier-Konzert gewesen, du Lusche, oder? Hä? Antworte mir. Zeit vergeht, die Stille wird durchbrochen von penetranten Tippgeräuschen, Martin hat absurderweise die Tastentöne auf seinem iPhone aktiviert.

»Ich habe immer schon Schwänze und Muschis gleichermaßen geleckt, für mich ist das selbstverständlich. Die sexuelle Orientierung eines Menschen ist nichts, was mich sonderlich oder gar als Allererstes interessiert. Aber dass man es als heterosexueller Mann in besonderer Weise schwer hätte, bezweifle ich«, sage ich schließlich.

Martin blickt auf, überlegt kurz und entscheidet sich nach einem Moment der Unentschlossenheit dazu, ein glucksendes, künstliches Gelächter zu erzeugen. Er klingt wie eine Software, bei der ein Problem vorliegt. Ein Update ist dringend erforderlich. Russo ist erwartungsgemäß entsetzt, will es sich aber nicht anmerken lassen. Ich rede sonst nur selten über Sexualität, wieso ich ausgerechnet im Gespräch mit einem ultrarechten italienischen Politiker darauf zu sprechen komme, ist schwer zu sagen. Irgendwas an ihm triggert mich, wie meine jüngeren Follower sagen würden. Ich will ihn provozieren, dabei bin ich an und für sich ruhig und zurückhaltend, mein Charakter schimmert friedlich in der Sonne wie ein Bergsee. Im Normalfall bin ich sehr hochwertig, mein ganzes Wesen ist vergleichbar mit der gediegenen Eleganz einer *Burlington*-Socke. Überrascht stelle ich fest, dass ich zornig geworden bin. Wie eigenartig.

Er fühlt sich natürlich verfolgt und missverstanden. Jemand wie er dürfe gar nichts mehr sagen, er werde gecancelt von den Eliten und den Mainstreammedien, man wolle ihn aus dem öffentlichen Diskurs ausschließen, aber die Menschen brauchten ihn, er erhalte viele Nachrichten, der Rückhalt aus der Bevölkerung sei überwältigend. Er glaube an die Kraft der Familie, die in Italien noch einen Wert habe, die über allem stehe.

»Aha«, sage ich.

Ich wäre jetzt viel lieber mit Klara im Pausenraum. Ob sie auf mich warten wird, wer weiß. Martin stellt sich vor den Spiegel und kämmt sich. Er möchte mehrere Fotos und ein oder zwei Kurzvideos mit Russo, er will Content, der online gestellt werden kann.

Ich mag es nicht, wenn Martin selbst über die Social-Media-Aktivitäten bestimmen will. Immerhin ist das mein Aufgabenbereich. Aber das lässt er sich nicht nehmen, und solange es nur um Bilder und Clips geht, die er auf seinen privaten Profilen hochlädt, stört es mich nicht besonders. Die offiziellen Kanäle von *PayNice* halten wir frei von offensichtlich politischen Inhalten. Leider folgen ihm mittlerweile auch viele Leute auf seinen persönlichen

Accounts. Er begreift sich mehr und mehr als Ideologen, der etwas zu erzählen hat. Erst vor Kurzem hat er gesagt: »Vielleicht schreibe ich ein Buch, so wie Peter Thiel, das wär doch was, nicht?« Ich habe milde gelächelt.

Was Fotos von sich angeht, hat Martin hohe Ansprüche. Er legt Wert auf einen Hauch von Lockerheit, wobei der Eindruck von Nachlässigkeit unbedingt vermieden werden muss. Das Lächeln soll freundlich wirken, aber auch nicht zu freundlich. Immerhin hat man nichts zu verschenken. »Verstehst du, was ich meine?« Ich schüttle den Kopf, Martin klatscht dreimal in die Hände, was heißen soll: Ein bisschen Tempo bitte, meine Zeit ist nicht nur Geld, sondern sehr viel Geld. »Wir wollen nicht zu entspannt wirken, wir dürfen keine Schwäche zeigen.« Hä? »Na mach schon! Fotografier endlich!«, ruft er.

Wenn mir jetzt nicht gleich ein gutes Foto gelingt, flippt er aus. So schnell kann das gehen. Zum Glück ist eines dabei, das er annehmbar findet. Darauf sieht man: Russo sitzt – aus welchen Gründen auch immer – mit geballten Fäusten auf dem Sofa und wirkt erschöpft und verschwitzt, während Martin hinter dem Schreibtisch steht, Russo unbeholfen angrinst und Daumen hoch zeigt. Die ganze Bildkomposition ist irgendwie gestört. Eigentlich kann man so was als Social-Media-Manager auf keinen Fall zulassen. Martin zu widersprechen oder auch nur anderer Meinung zu sein kann allerdings zu sehr unerfreulichen Situationen führen, weshalb ich es nach Möglichkeit vermeide. Wenn er sagt, das Foto sei in Ordnung, dann ist das so.

Mariam ruft ihn an und informiert ihn über die Hausdurchsuchung. Martin lässt sich kurz davon berichten, sie klingt aufgebracht, er redet beschwichtigend auf sie ein, alles werde sich klären lassen, ein Missverständnis, kein Grund zur Sorge. Er hat gewusst, dass es heute so weit ist. Martin hat Kontakte zu den Behörden, kennt viele Leute, die es persönlich gar nicht gut finden, dass nun gegen *PayNice* ermittelt wird. Irgendwann vertreibt man durch derartige Schikanen und Kapriolen der Geringschätzung wirklich noch jedes erfolgreiche Unternehmen, das hier Steuern zahlt, aus dem Land. *Aber mir sind die Hände gebunden*, hat man ihm gesagt. Nun hat man also sein privates Anwesen durchsucht.

»Sind die Beamten höflich gewesen? Haben sie dich gut behandelt?«, will er wissen. Das scheint ihm am wichtigsten zu sein.

Offenbar ist alles korrekt und weitgehend wie erwartet abgelaufen. Er erkundigt sich, ob sie dieses oder jenes gefragt oder getan hätten, aber ohne sonderlich aufgeregt oder auch nur interessiert zu wirken. Für ihn sind die Ermittlungen der Staatsanwaltschaft Nebensächlichkeiten, zumindest tut er so. Bei *PayNice* wird nicht über die Medienberichte geredet, nicht über die Nachforschungen, nicht über die Vorwürfe. Davon lassen wir uns nicht verunsichern. Weiter, weiter. Nicht von der Arbeit ablenken lassen. Kein Blick zurück. Seine Frau beendet das Gespräch mit den Worten, sie müsse zum Yogakurs, Martin wünscht ihr viel Spaß.

»Ich habe gelesen, dass es einige der Firmen, mit denen ihr kooperiert, angeblich gar nicht gibt«, sagt Russo.

»Du solltest nicht alles glauben, was du liest«, erwidert Martin.

Russo nickt verständnisvoll, das leuchtet ihm ein, die Medien als riesige Lügenmaschine, natürlich, dass er nicht gleich daran gedacht hat. Martin entschuldigt sich bei ihm, dass er nun an einem Vorstandsmeeting teilnehmen müsse.

Russo und er verabreden sich für Samstagabend, um *die Sau rauszulassen*, was ich für keine gute Idee halte. Wenn die beiden irgendwo in der Öffentlichkeit gesehen werden, wenn sie beim exzessiven Feiern fotografiert werden, wenn die Bilder in den Nachrichten landen, ist das gerade wenig vorteilhaft. Ich werde Ute von dieser Verabredung erzählen, selbst Martin hat Respekt – man könnte auch sagen Angst – vor ihr. Nur Ute kann der Verkommenheit von *PayNice* Einhalt gebieten. Aktuell ist diese zwar noch einigermaßen unter Kontrolle. Sie wird sofort überhandnehmen, wenn Ute jemals nicht mehr hier arbeiten sollte. Ute, letzte Hoffnung für die guten Sitten. Aber bevor ich mit ihr spreche, begebe ich mich zum Pausenraum. Die Tür ist versperrt, den Geräuschen nach zu urteilen hat gerade jemand Geschlechtsverkehr. Für mich klingt es nach Personalabteilung, nach Human-Resources-Sex, wobei das schwer zu sagen ist. Enttäuscht schleiche ich davon, ein Donnerstag ohne jegliches Highlight, was für ein Elend.

Klara ist an ihrem Platz. Sie hat mich also nicht umgehend ersetzt. Das ist gut.

»Sorry, dass ich nicht da gewesen bin«, sage ich.

Wenn sie angestrengt auf ihren Bildschirm schaut,

die Stirn in Falten, die Brille ein bisschen nach vorne ge-
rutscht, möchte ich ihr sagen, dass ich sie liebe und immer lieben werde, so lange auf sie gewartet habe, wir für-
einander bestimmt sind – irrationale Emotionsschübe,
was soll das. Ich komme mir vor wie eine kleine Katze, die
schnurrt, sobald sie gestreichelt wird. Egal von wem. Das
könnte man, wenn man länger drüber nachdenkt, traurig
finden, aber das lohnt sich nicht, viel besser ist es zu warten, bis der Pausenraum wieder frei ist, und sich der Liebe
hinzugeben, oder? Was denkt Klara wohl gerade? So was
Ähnliches?

»Was machst du hier?«, fragt sie, ohne sich vom Bildschirm abzuwenden. Sie wartet nicht auf eine Antwort,
sondern fügt gleich hinzu: »Ich bin gerade im Flow. Wir
arbeiten hier wirklich, das ist nicht nur Social-Media-
Dingsbums. Stör mich bitte nicht.«

Das tut ein bisschen weh.

»Okay«, sage ich. Aus irgendeinem Grund gehe ich noch
nicht weg.

»Noch was?«

»Nein.«

Also zurück an meinen Schreibtisch, zurück zu den So-
cial-Media-Kanälen, die betreut werden wollen. Schon auf
dem Weg dahin merke ich, dass mir Blicke zugeworfen
werden, die mir zu denken geben sollten. Man beobachtet mich wie jemanden, der von einer Katastrophe heimgesucht worden ist. Als hätte ein Sturm alles vernichtet,
was ich habe. Aber ich habe ja gar nichts, ich besitze nichts,
was ist denn nur los? Sind das etwa *mitleidige* Blicke? Mit
offener Feindseligkeit und Abscheu kann ich umgehen.

Ignoriert zu werden wäre nicht neu für mich. Daran, sich wie ein Gegenstand in einem Raum zu befinden, gewöhnt man sich. Aber Mitleid? Bitte nicht.

Einer der *PayNice*-Boys fragt mich: »Stimmt es? Ist da was dran?« Er zupft am Kragen seines Polohemds, lächelt mich gezwungen an.

»Was meinst du?«

Er verzieht den Mund, als hätte er so etwas nicht von mir erwartet. Der Boy fährt mit den Händen in der Luft herum, als wollte er eine Fliege verscheuchen. Ich eile zurück zu meinem Platz.

Online wird mir alles klar. Ein gewisser *KINGUwe187* hat in einem Podcast gesagt, ich hätte die Musterhäuser angezündet. Zu jener Zeit, als ich das Tiny House belebt habe, hat König Uwe – eigenen Angaben zufolge – als Praktikant bei *Modern Home* gearbeitet. Er behauptet, mich dabei beobachtet zu haben, nachts mit Benzinkanistern durch die Siedlung geschlichen zu sein. Was für ein Unsinn. Hat er das nur in seinem Podcast erzählt, oder ist er auch bei der Polizei gewesen? Macht wahrscheinlich keinen großen Unterschied mehr, das verbreitet sich jetzt. Angesichts dieser Vorwürfe können das vorhin keine mitleidigen Blicke gewesen sein. Zum Glück, denke ich. Das ist nur eine Fehleinschätzung gewesen.

Jetzt könnte man natürlich in Panik geraten, das wäre eine Handlungsoption. Ein kleiner Schweißausbruch ist zu bemerken, mein Körper zeigt eine angemessene Reaktion auf die Anschuldigungen, jedoch keine übertriebene. Mir gelingt es, einigermaßen ruhig zu bleiben, und ich bin stolz darauf. Man darf sich so was nicht zu sehr zu Herzen nehmen, würde Martin sagen. An der Geschichte ist nichts dran, König Uwe ist keine vertrauenswürdige Quelle. Jede Person, die eine gewisse Bekanntheit erlangt hat, wird hin und wieder mit haltlosen Anschuldigungen konfrontiert. Damit muss man umgehen können.

Ich checke die Stimmungslage. Meine Follower halten zum überwiegenden Teil zu mir, sie dissen *KINGUwe187*. Wie kann man so was nur behaupten ohne stichhaltige Beweise. Da muss ich mich nicht einmischen, das läuft nicht schlecht. Weil mein iPhone dauernd vibriert, schalte ich es ab. Wann habe ich das zum letzten Mal getan? Ist nicht unangenehm. Alle Systeme herunterfahren, Augen zu, durchatmen. Das wird sich klären lassen. Wenn ich eins gelernt habe, seit ich bei *PayNice* arbeite: Wir lassen uns die Stimmung nicht verderben. Ich brauche einen erfahrenen Medienanwalt, dann wird alles gut.

Ute macht mir keine Vorwürfe, was ich sehr nett von ihr finde. Sie hätte sich darüber verärgert zeigen können, dass ich *PayNice* online ein positiveres Image verschaffen sollte, nun aber der Brandstiftung verdächtigt werde. Aber sie verzichtet darauf. Sie ist entschlossen in mein Büro marschiert und hat die Taktikbesprechung eröffnet.

»So was lassen wir uns nicht gefallen. Mach dir keine Sorgen«, sagt sie. Ute nimmt Angriffe gegen ihre Knechte, zu denen sie mich zweifellos zählt, persönlich. Der Staat mit seinen Gesetzen, das Finanzamt, die Staatsanwaltschaft – all das geht ihr furchtbar auf die Nerven. Im Grunde ist sie eine Anarchistin, sie lehnt jede Form der staatlichen Ordnung ab, der sie sich fügen müsste. Ute findet, ich bräuchte

nicht nur einen Medienanwalt, sondern auch einen Vertei-
diger in Strafsachen. Na gut, okay.

»Nur für alle Fälle. Wir stellen dir ein hervorragendes
Team zusammen, wir haben Erfahrung damit. Erfolg zieht
Neider an, du weißt ja.«

Das übliche Framing: *PayNice* als Opfer der Neidgesell-
schaft. Wer gegen uns ist, tut dies aus der Überzeugung,
zu kurz gekommen zu sein.

»Martin wird ja von den Anwälten vertreten, die auch
Karl-Hans rausgehauen haben. Willst du die auch?«

»Was meinst du mit rausgehauen? Welcher Karl-Hans?«

Sie macht eine wegwerfende Handbewegung, als wüsste
ich nichts und wäre nicht imstande, jemals etwas zu wissen.

»Lass mich nur machen, ich regle das schon«, murmelt
sie.

Ich beobachte Ute, wie sie Mails verschickt, Telefon-
gespräche führt, sich Stichworte notiert. Es tut gut, wenn
man so umsorgt wird.

Nachdem Ute erledigt hat, was ihrer Ansicht nach in solchen Situationen zu tun ist, fahren wir zu Ikea. Das ist so
geplant gewesen, wieso sollten wir das verschieben, na
komm schon. Ute verhält sich als Autolenkerin so, wie es
zu erwarten gewesen ist. Sie fährt viel zu dicht auf, wechselt andauernd die Spur, flucht unentwegt.

»Oida, schleich dich!«

Ute hat das Schimpfen von ihrem Vater gelernt, einem
Installateur aus Wien-Simmering. Ihre Mutter ist aus
Hamburg nach Wien gekommen, um hier Schauspiel zu

studieren. Mittlerweile arbeitet sie als Redakteurin bei einem Lifestylemagazin.

Während Ute den Wagen so schnell wie möglich zu ihrem Lieblingsmöbelhaus manövriert, erzählt sie von ihren Eltern, vom Aufwachsen im Gemeindebau, von ihren Lieblingskinderbüchern von Mira Lobe und Christine Nöstlinger, vom Gymnasium, vom Sportverein. Mich wundert immer wieder aufs Neue, warum es jemanden wie Ute zu *PayNice* verschlägt. Viele Menschen, die für die Firma arbeiten, sind klug und gebildet. Wieso haben sie sich dem Bösen verschrieben?

Wir biegen von der Autobahn ab, der Parkplatz ist beinahe voll. Sobald wir aussteigen, wirkt Ute geradezu offensiv gut gelaunt. Die Aussicht auf den Rundgang durch das Möbelhaus beflügelt sie mehr, als es ein Energydrink je könnte. Aus irgendeinem Grund habe ich Ute erlaubt, sich um die Einrichtung meiner neuen Wohnung zu kümmern. Sie interessiere sich für Möbel und Design, die Gestaltung von Wohnräumen sei ihr Hobby. Auch meinen Stream aus dem Tiny House habe sie gerne gesehen, sie verfolge meine Karriere schon lange. Hat sie tatsächlich *Karriere* gesagt?

Ute weiß genau, was ich brauche. Diese Lampe, diesen Schrank, das konfigurieren wir gleich hier. Ähm, okay. Ich wage nicht zu widersprechen, sie hat sich so nett um die Zusammenstellung meines Anwaltsteams gekümmert.

Einmal traue ich mich, auf ein ausgestelltes Wohnzimmer hinzuweisen. Ich schlage vor, es einfach genau so zu kaufen. Diese Möbel und diese Deko-Elemente. Mir gefällt die

Idee, die Wohnung wie eine Musterwohnung einzurichten. Ist das eine Art Tiny-Stockholm-Syndrom, habe ich zu viel Zeit in der Musterhaussiedlung verbracht? Oder ist Individualität einem reduzierten, schlichten Einrichtungsstil tatsächlich unterlegen? Was denke ich da schon wieder. Das ist mir doch egal. Niemals vergessen, was einem alles nicht wichtig ist. Soll Ute aussuchen, was ihr gefällt.

Wir leihen einen Transporter aus, den ich morgen Vormittag zurückbringen muss. Dann fahren wir noch zu einem Baumarkt, um Werkzeug zu kaufen. Mit einem neuen Bohrhammer, neuen Möbeln und einer neuen Wohnung fühlt man sich gleich wie ein neuer Mensch. Ute schlendert beschwingt durch die Gänge des Baumarkts. Es freut mich, dass sie glücklich ist.

Die Möbel können wir heute leider nicht mehr aufbauen, es ist schon zu spät, um noch Lärm zu verursachen, also beschließen wir, uns zu betrinken. Wir sitzen zwischen einer schier unüberblickbaren Anzahl an Kartons.

»Ich hab nur Kirschrum da.«

»Perfekt«, sagt Ute. Das finde ich überraschend. Der Konsum von Kirschrum ist – aus fragwürdigen Gründen – sozial nur wenig akzeptiert. Umso schöner, dass sie offen dafür ist. Nach einer Weile fragt sie doch noch: »Wieso hast du Kirschrum zu Hause, wenn du die Wohnungsschlüssel erst vor ein paar Tagen bekommen hast?«

Ich schenke mir nach und antworte nicht. Ute schnippt dreimal mit den Fingern, um zu signalisieren: Na wird's bald, jetzt nicht frech werden. Wenn ich dich was frage, antwortest du.

»Ich befinde mich gerade in einer schwierigen Lebens-
phase«, sage ich.

Die Antwort erscheint mir absolut richtig. Ute findet sie
leider inakzeptabel.

»Ach, hör mir damit auf, dieses Gejammer kann ich
nicht ertragen.«

»Ich jammere überhaupt nicht«, protestiere ich.

»Du schaust so selbstmitleidig!«

Wirklich? Irgendwie kommt es mir so vor, als wüsste
Ute viel über mich, als hätte sie mich durchschaut, was ich
sehr unangenehm finde.

»Immerhin hab ich heute meine Mittagspause nicht
machen können!«

»Ihr vögelt im Pausenraum, oder?«

»Was? Nein.«

»Klara und du.«

»Nein. Wer erzählt so was?«

Ute sagt, sie wolle nicht neugierig sein. Aber umso lee-
rer die Kirschrumflasche wird, umso mehr reden wir über
Klara. Ute vertritt die Ansicht, Klara werde mir guttun. Das
klingt, als wäre sie ein Medikament. Als der Abend schon
weit fortgeschritten ist, ziehe ich in Betracht, mein iPhone
einzuschalten. Ute rät mir vehement davon ab. Nichts soll
diesen ikeagesättigten Rausch stören, diesen rundum gelungenen Abend.

Plötzlich die Türglocke. Mein erster Gedanke: Polizei. Jetzt
kriegen sie mich. Vielleicht habe ich zu viele Serien gesehen. Oder ich bin schlichtweg sehr besoffen. Es ist kurz
nach Mitternacht. Wie lange sitzen wir hier denn schon?

Die Wohnung wird nicht von einem Sondereinsatzkommando gestürmt, sondern von Martin.

»Wie hast du uns gefunden?«, frage ich und schäme mich ein bisschen, weil ich so entsetzt auf seinen Besuch reagiere.

»Hab Utes iPhone geortet.«

Aha, geortet also.

»Weißt du eigentlich, was auf unseren Kanälen gerade los ist? Hast du diese Häuser angezündet?«

»Nein, natürlich nicht.«

»Wirklich?«

»Macht *PayNice* Scheingeschäfte? Hat die Staatsanwaltschaft recht?«

Bin ich zu weit gegangen? Martin stößt wieder einmal sein künstliches Gelächter aus.

»Möchtest du Kirschrum?«, frage ich.

»Nicht unbedingt.«

Die Flasche ist sowieso leer, fällt mir auf. Martin hat mit Mariam gestritten. Seit die beiden öffentlichkeitswirksam geheiratet haben, kommt das häufig vor. Manchmal berichtet sogar der Boulevard darüber. *Ehe-Krise!* Aber das ist nicht, was Martin herführt. Das Problem ist der FC Bayern München. Seit einiger Zeit verfolgt Martin sehr intensiv und höchstpersönlich den Plan, *PayNice* zum Trikotsponsor zu machen. Es ist alles auf Schiene gewesen. Nun hat ihm der Verein mitgeteilt, aktuell keine geschäftliche Beziehung mit *PayNice* eingehen zu wollen. Man habe Bedenken.

Martin regt sich fürchterlich auf, jeder Wettanbieter sei gut genug, nur er nicht. Wenn er in Rage ist, verwechselt er das Unternehmen mit sich selbst. »Könnt ihr euch das vorstellen?« Wir schütteln ungläubig den Kopf. Im Grunde können wir nichts tun, um ihm zu helfen. Er sollte akzeptieren, dass sein Image in den nächsten Wochen und Monaten stark leiden wird. Je früher ihm das gelingt, desto besser. Ute redet von *Braveheart*, von Mel Gibson und einer bevorstehenden Schlacht. Ich nicke, um zu zeigen, dass Utes Worte meiner Ansicht nach von großer Weisheit geprägt sind. Verweise auf Filme haben auf Martin in aller Regel eine beruhigende Wirkung, das weiß Ute. Sie könnte Löwen zähmen. Ich muss sagen, ich bin begeistert von Ute, wie sie sich um Martin und mich kümmert – phantastisch. Wie bin ich bisher nur ohne sie ausgekommen. Martin erkundigt sich, ob wir *Shutter Island* gesehen hätten, das Ende habe er nie so richtig verstanden, er habe schon öfter versucht, mit jemandem darüber ein tiefgreifendes Gespräch zu führen, leider sei das in all den Jahren noch nicht gelungen. Die Leute seien nur an einem oberflächlichen Austausch über den Film interessiert, nicht jedoch an einer tiefgreifenden Analyse. Als Martin das – vollkommen ernsthaft – äußert, mache ich mir zum ersten Mal Sorgen um ihn. Möglicherweise setzen ihm die Ermittlungen doch zu. Tagsüber verbirgt er, was in ihm vorgeht, aber nachts, beim Sprechen über Psychothriller, gelingt ihm das nicht mehr.

»Was wäre schlimmer: zu leben wie ein Monster oder als guter Mann zu sterben?«, fragt Martin.

Entdeckt Martin seine philosophische Seite? Ich brauche einige Augenblicke, um zu begreifen, dass das ein Zitat aus *Shutter Island* ist. Er sieht uns aufmerksam an, so als erwarte er tatsächlich eine Antwort.

»Äh«, gebe ich von mir.

Martin nickt, er findet es wahrscheinlich zufriedenstellend, wie ich angesichts der Komplexität der Fragestellung um einen passenden Ausdruck ringe. Ute behauptet, den Film gesehen zu haben, aber sich fast nicht mehr daran erinnern zu können. Ich bin mir unsicher, ob das gelogen ist. Vielleicht will sie Martin nur einen Grund geben, ihn sich mit uns anzusehen. Er lässt sich von einem Assistenten, der im Auto wartet, sein Tablet bringen. Ein paar Boys hat Martin meistens dabei, sie warten in aller Regel draußen, falls er etwas braucht.

Zunächst versucht er höchstselbst herauszufinden, wo er den Film in HD streamen kann. Schließlich hilft ihm Ute, er lächelt sie dankbar an. Wenn man Ute hat, muss man selbst gar nichts mehr können, das ist so wunderbar. Dann schauen wir uns *Shutter Island* an. Während der Vorspann läuft, wirft Ute die Frage auf, inwieweit man Leonardo DiCaprio noch uneingeschränkt gut finden dürfe, der sei wegen seiner jungen Freundinnen doch schon mit Recht ins Gerede gekommen. Diese theoretische Rahmung halte ich für absolut bereichernd, Ute hat einfach immer die richtigen Worte parat. Martin hingegen will wissen, ob Ute das ernst meint. Eine schwierige Frage. Manche Leute haben da gerne Klarheit. Man müsste immer ein Hinweisschild zur Hand haben: Das ist ein Witz, haha. Das ist Selbstironie – Achtung, Achtung. Das ist purer Ernst, jetzt auf keinen Fall grinsen, unter keinen Umständen.

Ute sagt, ihr sei diese Unterscheidung nicht wichtig, sie habe an sich kein Problem damit, wenn man etwas auf unterschiedliche Weise verstehen könne.

Martin begreift nicht ganz, was das heißen soll, und ärgert sich darüber. Er zischt, um uns zu verdeutlichen, dass wir still sein sollen, was wir dann auch sind.

Bedauerlicherweise haben wir keine Getränke mehr. Martin könnte einen seiner Handlanger losschicken, um uns alkoholische Erfrischungen zu besorgen. Aber ich will ihn nicht dazu auffordern. Sonst denkt er noch, dass ich ein Alkoholproblem habe. Ungefähr bei der Mitte des Films fallen mir die Augen zu. Wird Martin es mir übel nehmen, wenn ich nicht wach bleibe? Die Zeit wird es weisen. Meinen Kopf an Utes Schulter gelehnt, sinke ich in einen ikeaartigen Schlaf.

6

Es sind nur zwei Artikel erschienen. Einer mit dem Titel: *Erschütternder Verdacht: Tiny-House-Typ als Feuerteufel?* Der andere mit einer Überschrift, die mich unbestimmt an einen Helene-Fischer-Song denken lässt: *Flammendes Inferno.* Alle anderen Berichte konnten meine Anwälte verhindern. Die haben wirklich einen guten Job gemacht. Der medienrechtliche Gamechanger ist anscheinend die Drohung, die jeweiligen Journalisten persönlich zu verklagen, sie *zur Verantwortung zu ziehen.* Helene und ich sitzen im Bräunerhof. Ich habe mir eine Zeitung und zwei Zeitschriften zum Tisch geholt, was Helene aus irgendeinem Grund als Provokation begreift.

»Medien«, murmelt sie verächtlich.

Und ich muss sagen, das finde ich enttäuschend. Dass Helene ins mainstreammedienverurteilende Dödeltum hineindriftet, ist nicht abzusehen gewesen. Sie war immer so gut gelaunt, jetzt wirkt sie verbittert. Das kann so schnell gehen. Gerade noch ist man ein fröhlicher Mensch, dann folgt man online den falschen Leuten, verfängt sich in den Hetz- und Hassnetzen und erkennt, dass *Leute wie wir* nie eine Chance haben.

»Die Elite windet sich immer irgendwie raus, nicht?«

Was? Hat sie das gerade tatsächlich gesagt? *Elite?* Und geht das gegen mich, zählt sie mich etwa dazu? Möglicherweise findet Helene, dass es ungerecht ist, wenn sich ein Anwaltsteam darum kümmert, mich zu beschützen. Also das hätte ich von Helene nicht erwartet. Dass sie mir selbst dieses kleine Glück nicht gönnt. Ein bisschen Wichtigkeit spüren, also bitte, habe ich mir das denn nicht verdient? Nein, dafür werde ich mich nicht rechtfertigen.

Ich winke den Kellner energisch zu uns und schnippe mit den Fingern, wir brauchen ein üppiges Frühstück, das wird die Stimmung heben und uns von ernsten Gesprächsthemen ablenken. Er kommt kopfschüttelnd auf uns zu und fragt sehr wienerisch: »Wos is, Deppata?« Das ist vielleicht etwas harsch, finde ich, aber er hat natürlich recht. Ich habe mir eine Gestik angewöhnt, der mit Entschiedenheit entgegengetreten werden muss. Das kommt davon, weil ich so viel Zeit mit Martin verbringe. Als sein Projekt muss ich in seiner Nähe sein und ihn beobachten.

Ich bestelle Ham and Eggs, Helene hat keinen Hunger. Das will ich nicht gelten lassen, sie wirkt nun richtig verärgert. Die Kluft zwischen uns wird sich noch vergrößern, wenn ich esse, während sie nur voller Abscheu auf die Zeitungen blickt, befürchte ich.

»Im Tiny House wohnt jetzt eine Familie. Aber es gibt keinen Stream. Wir setzen auf Unmittelbarkeit, auf das Live-Erlebnis vor Ort.«

Man hat also einen Ersatz für mich gefunden. Aber solange sie ihr *Wohnerlebnis* nicht streamen, sind sie keine Konkurrenz für mich. Ach, wo kommen schon wieder diese frustrierend kompetitiven Gedanken her, die müsste man vernichten können, so dass man nur noch aus Frohsinn und Heiterkeit besteht. Totalitäre, irre Gedankenblitze – wo bleiben denn der Schinken und die Eier? Plötzlich die Erkenntnis: Es geht mir jetzt gerade gar nicht gut. *Du bist nicht du, wenn du hungrig bist.* Wird sich das Entsetzen über mich selbst wegfressen lassen? Ja. Ja, schon. Zumindest hier und heute, im Bräunerhof.

Als mein Frühstück serviert wird, bin ich gleich besserer Laune. Und während ich esse, ist eigentlich alles ganz in Ordnung.

»Eine Familie mit Kindern?«, frage ich.

»Keine echten Kinder. Schauspielstudenten im ersten Jahr, die noch sehr jung aussehen. Die spielen einen Zwölf- und einen Vierzehnjährigen«, erklärt Helene.

»Wie soll das denn gehen? Und warum spielen die nicht einfach zwei Achtzehnjährige?«

»In der Story, die wir entwickelt haben, gehen sie noch in die Mittelschule. Keine Einwände jetzt, was weißt du denn schon von Marketing. Und es ist ja auch nur eine Musterfamilie! Nicht so wichtig. Jedenfalls haben wir das Ruder herumgerissen, es läuft wieder gut. Und wir haben gedacht, *PayNice* und *Modern Home* eint doch ein gewisser Spirit, da gibt es viele Überschneidungen, die man kreativ nutzbar machen könnte. Eine Kooperation wäre großartig.«

»Aha.«

So ist das also. Jetzt bin ich wieder interessant. Man hätte mich vielleicht nicht aus dem Baumhaus werfen sollen, dann wäre mein Interesse, eine solche Zusammenarbeit herbeizuführen, um einiges größer.

»Wir werden das intern besprechen und uns zu gegebener Zeit melden«, sage ich und denke: *Besinnst du dich, wie sinnleer du bist, gießt du Tränen aus.* Sagt Kreon in *Antigone.*

Und da hat er schon nicht unrecht, der liebe Kreon. Wir sagen noch ein paar nichtige, BWL-gesättigte Sätze. Helene und ich gehen professionell miteinander um, wir führen ein geschäftliches Gespräch. Wie hat es so weit kommen können.

»Wie geht es eigentlich Maxim?« Helene hat ihn ein- oder zweimal gesehen, wenn er mich in der Siedlung besucht hat. Außerdem habe ich ihr von ihm erzählt. Damals bin ich sehr froh gewesen, wenn Helene mir zugehört hat. Heute hört man allerorts gerne, was ich Weises zu sagen habe! Erst unlängst hat mir ein berühmter Stratosphärenspringer, der von so weit oben hinuntergefallen ist wie noch nie ein Mensch zuvor, Nachrichten geschickt und Ratschläge erteilt. Mit solchen Leuten kommuniziere ich neuerdings auf Augenhöhe, die blicken nicht mehr auf mich herab. Aber Helenes Meinung ist nach wie vor etwas Besonderes – zumindest wenn sie nicht über Medien redet. Ich zeige ihr Maxims letzte Nachricht an mich: *Ich bin mir nicht sicher, ob du ohne mich leben kannst.*

»Was hast du geantwortet?«

»Nichts. Was soll man darauf denn sagen?«

»Du solltest dich wieder einmal mit ihm treffen.«

Nein, kein Platz, Leben voll, wie schade. Unter Umständen vernachlässige ich die Menschen, die mir in meiner *Prä-PayNice-Phase* wichtig gewesen sind, etwas zu sehr. Aber Maxim lässt sich beim besten Willen nicht mehr in meinen Alltag integrieren, ich muss mich von Altlasten befreien.

»Warst du schon im *PayNice*-Bunker?«, fragt Helene.

»Es gibt keinen Bunker.«

Helene sieht mich enttäuscht an. In ihrem Blick liegt der Vorwurf: Wieso belügst du mich? Ich schaue unschuldig. Wenig später verabschiedet sie sich. Zwischen uns ist etwas zerbrochen, na ja. Wie heißt es so schön: Freunde werden zu Neidern, an der Spitze ist es einsam, das ist der Preis des Erfolgs. Was ist schon eine zerbröselnde Freundschaft gegen eine Festanstellung, eine neue Wohnung, gegen das herrliche Angekommensein in der *PayNice*-Familie?

Am Wochenende nimmt Martin mich in den Bunker mit, der sich in einem Waldstück in der Nähe von Karlstein an der Thaya im nördlichen Waldviertel befindet. Es gibt zahlreiche Gerüchte über ihn, wofür hauptsächlich die gigantischen Ausmaße der Anlage verantwortlich sind. Martin neigt dazu, bei Bauprojekten zu übertreiben. Der österreichische Regierungsbunker in St. Johann im Pongau ist der Bunkeranlage von *PayNice* eindeutig unterlegen. Das hat sich mittlerweile herumgesprochen. Ex-Vizekanzler, Shoppingcenterbesitzer und Wurstfabrikanten wollen sich mit Martin häufig über den Bunker unterhalten. Sie erkundigen sich gespielt beiläufig, wie teuer denn ein Platz auf der Gästeliste wäre. Aber eine solche Liste gibt es nicht. Es kommt immer auf die Situation an, wer aufgenommen werden, wem man Sicherheit bieten kann. Martin hält sehr viel von privater Vorsorge. Auf den Staat solle man sich nicht zu sehr verlassen, man müsse selbst Vorkehrungen für sämtliche Eventualitäten treffen. Die Katastrophenszenarien, von denen Martin mir während der Fahrt erzählt, sind vielfältig. Naturkatastrophen, soziale Unruhen, bürgerkriegsähnliche Zustände. Wenn es den Leuten wirtschaftlich zu schlecht ginge, wenn sie zu wenige Perspektiven hätten, wenn sie von Populisten angestachelt würden, könnten sie darauf verfallen, sich gewaltsam holen zu wollen, was ihnen ihrer Meinung nach zustünde. Es werde viel Hass auf wohlhabende Menschen geschürt, findet Martin. Das soziale Gefüge ist irgendwie aus dem Gleichgewicht, murmelt er nachdenklich, während er das Lenkrad seines neuen Maybachs umklammert. Ausnahmsweise fährt er heute selbst, dem Chauffeur hat er freigegeben.

Die Bunkeranlage ist von Stacheldraht umgeben. Wachmänner einer privaten Sicherheitsfirma stehen vor dem Eingang. Martin führt mich durch die Lagerräume, die Menge der Vorräte ist enorm, aber ich bin nicht beeindruckt, weil mich so was nicht beeindruckt, worüber er sich ärgert, weshalb ich entschuldigend anmerke, es sei nicht seine Schuld, wenn ich meine Begeisterung für den Bunker nicht zeigen könne, was natürlich alles nur noch schlimmer macht. Unsere Beziehung ist belastet wie nie zuvor, als wir den Medienraum betreten, der aufgrund einer grotesken Anzahl an Steuerelementen und Bildschirmen auf mich wie die Kommandozentrale eines Raumschiffes wirkt.

»Dieses Jahr bist du die erste Person, die ich in mein Schmuckstück eingeladen habe!«, sagt Martin feierlich. Ich bemühe mich, euphorisch und dankbar zu wirken, aber ich bin nun einmal kein guter Schauspieler. Er ist weiterhin sehr irritiert, dass mich der Bunker nicht überwältigt, das merke ich. Deshalb erzählt er mir, wie er nach der

Fertigstellung der Anlage einige Milliardäre aus den USA und aus Asien eingeladen hat, die alle fasziniert gewesen seien. In der Prepper-Szene genießt Martin großen Respekt. Im internationalen Bunker-Vergleich hält er gut mit, wenngleich es natürlich noch größere Anlagen gibt. Mark Zuckerbergs 460 Quadratmeter großer Bunker auf Hawaii verfügt über mehr Fluchtluken, mehr sprengsichere Türen, mehr Vorräte und schlichtweg mehr Möglichkeiten, die Apokalypse komfortabel zu überstehen. Ob man den Weltuntergang überleben kann – wer weiß. Manche wollen es nicht unversucht lassen.

»Ich bin gerne hier. Inmitten der Natur. Hier kann ich in Ruhe nachdenken«, meint Martin. So hat jeder eine eigene Vorstellung davon, was es bedeutet, die Natur zu genießen. Für ihn heißt es offenbar, sich unter der Erde in fensterlosen Räumen aufzuhalten. Er geht unruhig auf und ab. In den letzten Tagen ist ihm die Selbstsicherheit ein Stück weit abhandengekommen. Die unbedingte Überzeugung, was er tue, müsse genau so, wie er es tue, getan werden, hat ihn ausgezeichnet. Aktuell erinnert er nur an den Finanzunternehmer, der er gewesen ist.

»Es sieht langsam wirklich düster aus«, sagt er.

Wovon redet er überhaupt? Bisher habe er es *immer irgendwie regeln* können, er habe einen Deal ausgehandelt, habe den Finanzminister angerufen, den Leiter der Wirtschafs- und Korruptionsstaatsanwaltschaft, den Kanzler, wenn nötig.

»Aber die heben alle nicht mehr ab.«

So sieht also jemand aus, der fühlt, dass er von allen verlassen wird. Ich mustere Martin aufmerksam. Ein König im Exil. Lear auf der Heide. Er begreift die Ausweglosigkeit der Situation. Unwillkürlich denke ich an mich: Gerade habe ich mich so positiv entwickelt. Ich will nicht, dass *PayNice* in den Abgrund schlittert. Das habe *ich* nicht verdient. Ein bisschen schäme ich mich für meine Selbstsucht, andererseits hat man mich gelehrt, so zu sein. Martin und Ute haben mich geformt, mich trifft – jetzt und für immer – keine Schuld. Durch meine Schuld, durch meine Schuld, durch meine große Schuld – ach was. Bekenntnisse aus dem Schulgottesdienst, die einen im Wirtschaftsleben nicht weiterbringen. Unschuldig, bis die Schuld in letzter Instanz bewiesen ist. So ist es, so und nicht anders.

»Martin, wir schaffen das!« Alles wird gut. »Das hat Ute auch gesagt!«, füge ich hinzu. Aufgeben sei keine Option.

Martin ist hierhergekommen, um sich endlich ungestört Sorgen machen zu können. In den Büros von *PayNice* gibt er sich zuversichtlich, aber in seinem Bunker im Waldviertel spielt er mir nichts mehr vor. Wie kann ich seinen Kampfgeist wieder wecken? Wenn er nicht an sich glaubt, werden es auch die Aktionäre bald nicht mehr tun. Dann fällt es mir ein: Heribert Wedel! Er ist – in dieser speziellen Situation – der einzig mögliche Erlöser. Wedel ist unser Jugendfußballtrainer gewesen. Seine motivierenden Ansprachen haben aus uns schlappen Buben *unermüdliche Defensivarbeiter* gemacht. Ich denke an Marcel Sabitzer, der in einem Fernsehinterview ohne einen Funken Selbstironie sagt: Ich bin ein Mentalitätsmonster. Und das ist doch das Höchste, was man werden kann. Wedel hat das schon vor so langer Zeit erkannt. Der Einfluss von Heribert Wedel auf Martin Krämers Denkweise wird noch näher zu untersuchen sein.

»Wedel hat uns beigebracht, du hast immer eine Chance. Deine Gegner spielen vielleicht besser als du, aber du kannst sie immer noch umhacken. Es ist erst vorbei, wenn der Schiedsrichter abpfeift.«

Martin sieht mich entgeistert an.

»Wer ist Wedel?«

»Heribert Wedel! Unser ehemaliger Fußballtrainer, er hat die U10 trainiert. Du weißt doch noch, sein Motto war Leistung durch Qual, erinnerst du dich denn nicht daran? Das hat mir Tante Uschi sogar auf einen Schal gestickt. Den hab ich noch irgendwo, den schenk ich dir, wenn ich ihn finde, erinnere mich dran!«

Ich fahre damit fort, von Heribert Wedel zu reden, während mir Martin missverständliche Signale sendet. Einerseits grinst er in einer Weise, die vermuten lässt, was ich sage, sei nicht ernst zu nehmen. Andererseits unterbricht er mich nicht, was er ansonsten, ohne zu zögern, macht, sobald er ein Gespräch als unergiebig beurteilt. Heribert Wedel ist ein großer Fan der Trainerphilosophie von Felix Magath gewesen und ein Verfechter von Übungen mit Medizinbällen, von Schonungslosigkeit und Verausgabung. Wenn sich beim Training niemand wegen der Anstrengung übergeben muss, ist es keine gute Einheit. Sport nicht als Hobby, sondern als körperliche Grenzerfahrung. Wer sich quält, wird das nicht bereuen. Es gibt keinen leichten Weg. Aufgeben ist denkunmöglich. Selbstgeißelung als Lebenseinstellung.

»Sie umhacken ...«, murmelt Martin. »Komm, wir besuchen ihn!«

Zuerst verstehe ich gar nicht, was er meint.

»Und dann können wir auch noch deine Eltern besuchen, wenn du willst. Danach fahren wir zurück nach Wien und hacken ein paar Staatsanwälte um.«

Martin wirkt mit einem Mal wieder so energisch, wie man ihn kennt. Nein, er ist sogar noch einen Tick energiegeladener als sonst. Das könnte zum Problem werden. Es gelingt mir ohne viel Mühe, ihn von dem Wunsch abzubringen, meine Eltern kennenzulernen. Martin versteht, dass das eine Verschwendung seiner Zeit wäre. Das ist eine Sorge, die ihn stets begleitet: seine Zeit nicht richtig zu investieren, sie nicht bestmöglich einzusetzen. Aber Heribert Wedel will er unbedingt wiedersehen. Seit seine Frau ihn vor ungefähr zehn Jahren verlassen hat, ist er etwas wunderlich geworden. Das erzählt man sich jedenfalls im Dorf. *Der Wedel hört jetzt immer so ohrenbetäubend laut Ö1 beim Trainieren, der ist komisch.* Und tatsächlich: Als wir bei seinem Haus ankommen, dringt die Musik zu uns herauf. Das Kellerfenster ist geöffnet.

»Tür ist offen! Tretet ein, bringt Glück herein!«, brüllt unser ehemaliger Trainer.

Hat er uns überhaupt schon gesehen? Ist ihm der Maybach aufgefallen? Weiß er, dass zwei seiner ehemaligen Schützlinge, wovon einer ein zunehmender öffentlicher Kritik ausgesetzter Milliardär ist, zu ihm kommen? Wedel sitzt auf der Hantelbank im Hobbykeller und trinkt Weißwein aus einer Dopplerflasche. Das erscheint mir durchaus logisch. So kenne ich das, so soll es sein, so soll es bleiben.

»Wer seid ihr?«, fragt er, ohne sonderlich interessiert zu wirken.

Wir stellen uns vor, und es dauert nicht lange, bis ihm unsere Qualitäten wieder einfallen.

»Schwacher linker Fuß, noch schwächerer rechter! Keine Kondition, kein Biss! Natürlich erinnere ich mich an dich«, sagt er zu Martin, der es *ganz erfrischend* findet, so begrüßt zu werden. Das behauptet er, aber man sieht ihm an, dass es nicht stimmt.

»Und du bist ein passabler Libero gewesen, aber durch die Umstellung auf Viererkette bist du für mich nutzlos geworden, du hast meine Vision von Raumdeckung und mein Konzept moderner Innenverteidigung nie begriffen«, sagt er zu mir.

»Wieso hören Sie so laut Ö1?«, frage ich.

»Gefällt mir einfach!«

»Beschweren sich die Nachbarn nicht wegen der Lautstärke?«

»Die sollen scheißen gehen.«

Er wirkt weder überrascht noch erfreut, uns zu sehen. Er bietet uns an, einen Schluck aus der Flasche zu nehmen.

»Grüner Veltliner«, sagt er stolz.

Martin und er erzählen sich gegenseitig von ihren Unternehmen. Martin merkt man an, dass er seine Liebe zu *PayNice* wiederentdeckt hat. Wedel spricht von dem Shop für belebtes Wasser, den er aufgezogen hat. Er vertreibt vitalisiertes, strukturiertes, hexagonales Wasser. Und entsprechendes Zubehör. Gläser, Strohhalme, Energiestäbe, die man in Wassergläser eintaucht. Es läuft sehr gut. Früher Mindestpension, heute Kreuzfahrturlaub. Er erzählt

Martin von den *Mädels in der Ägäis*. Ich finde es bedauerlich, dass mein Leben schon wieder so blöd ist. Wenn man die Menschen, denen man begegnet, als *Ressource* begreift, die es – zum Beispiel – in einem Roman oder Film zu *verwenden* gilt, dann kann man mit Heribert Wedel wahrscheinlich nicht vorbehaltlos *positiv connecten*, wenn man den Berichten seiner Kreuzfahrtabenteuer folgt. Aber die Volten des Schicksals haben Martin und mich nun einmal zu ihm geführt, weshalb wir ihn so akzeptieren müssen, wie er ist.

»Wenn man aus dem tristen, stumpfsinnigen Alltag ausbrechen möchte, sind Energiestäbe ein Muss. Damit erreicht man ein ganz neues Level«, sagt er.

Martin ist begeistert, ein neues Level erreiche er immer gerne. Wedel wirft mir einen dankbaren Blick zu, so in der Art: *Nett von dir, dass du mir einen Kunden gebracht hast.* Er führt Martin in den *Showroom*. Beschwingt steigen die beiden die Stiege hinauf, ich folge ihnen gemächlicheren Schrittes.

»Ich hab das Wohnzimmer zu einem Verkaufsraum umgestylt. Hat nicht wenig gekostet, aber jetzt sieht die Einrichtung echt vornehm aus«, sagt Wedel. Er wirkt gelassener als früher. Ich bin acht Jahre alt gewesen, als die Medizinball-Phase begonnen hat. Wedel hat gemeint, ich sei zu schmächtig, ich bräuchte ein bisschen mehr Muskeln, ein individuell abgestimmtes Ganzkörperworkout, einen Mix aus Eigengewicht- und Medizinballübungen, das wäre am besten. Das war um die Jahrtausendwende, er hat in jenen Tagen – die mir unendlich fern scheinen – viel vom Maya-Kalender und vom Weltuntergang gesprochen.

Ich habe nie eine positive Beziehung zu Medizinbällen aufbauen können. Auf zaghafte Proteste meinerseits hat er mit der einzig erwartbaren Antwort reagiert: *Das hat noch keinem geschadet.* Heute weiß ich, dass das nicht gestimmt hat, nicht stimmt und nie stimmen wird.

Heribert Wedel ist eine der Personen, die mich in meiner Jugend am meisten geprägt haben. Was ich über Fußball, Männlichkeitsgetue, Belastungsgrenzen und Medizinballübungen denke, verdanke ich nicht zuletzt meinem Coach. Ich wäre gerne im Pausenraum, um mich mit Klara darüber zu unterhalten, woher wir kommen, was uns geprägt hat, wie wir zu denen geworden sind, die sich zum Stressabbau in der Mittagspause begegnen. Bald wird das möglich sein. Ich bin zuversichtlich, dass wir demnächst längere Gespräche führen werden. Bisher bin ich auf meine Funktion in einem kalkulierten und durchgetakteten – selbstverständlich trotzdem nicht gering zu schätzenden – Pausenraum-Ficks reduziert worden. Aber mir kommt es vor, dass sie angefangen hat, sich für mich zu interessieren. Sie hat mich bereits gefragt, wie es mir geht, wie mein Vormittag gewesen sei.

»Wie viel kostet ein Stab?«, erkundigt sich Martin.

»Zweihun... äh, zweitausend Euro.«

Wedel wahrt ein Pokerface. Martin entscheidet sich bewusst für seine Am-Preis-soll-es-nicht-scheitern-Attitüde. Er zückt ein Geldbündel, das macht ihm immer noch Spaß, das sieht man, und er entscheidet sich für den Ankauf von fünf Energiestäben, die sein Trinkerlebnis revolutionieren und die ungeahnte Qualität des Wassers zum Vorschein bringen werden. Heribert Wedel schenkt ihm noch eine

Gewürzmischung mit aphrodisierender Wirkung und ein Kirschkernkissen.

Seit der Pfarrer strafversetzt worden ist, vertreibt Wedel auch eine überschaubare Anzahl an Produkten mit wahlweise belebender, heilender oder entspannender Wirkung, wenngleich das Kerngeschäft immer das Wasser bleiben wird. Früher hat der Pfarrer des Dorfes im Nebenerwerb als Wunderheiler gearbeitet. Zehn Minuten Heilung für hundert Euro. Angeblich hat er manchmal nicht nur durch Handauflegen geheilt, er soll vier oder fünf Kinder gezeugt haben. Dann hat ihm ein kräftiger Automechaniker, dessen Frau viel Zeit beim Pfarrer verbracht haben soll, vier Zähne ausgeschlagen. Bald darauf ist der predigende Heiler versetzt worden, er lebt jetzt in der Südoststeiermark. Seither gibt es in der Gemeinde keinen Heiler mehr, und der neue Pfarrer spricht sehr wenig und lächelt immer nur die Kinder so seltsam an, zu dem möchte man keine Ministranten schicken. So erzählt man es sich. Man möchte fast sagen: seit vielen Äonen. Derlei Geschichten gibt es Tausende, sie ranken sich um die Dörfer. Man kommt nicht ganz an ihnen vorbei, wenn man mit einem Gründer eines Finanzunternehmens wegen eines Besuchs in seinem Privatbunker in die Region gerät, in der man aufgewachsen ist. So sehr man es auch versucht, man erinnert sich unweigerlich daran. Mein Social-Media-Manager-Life kommt mir im Waldviertel ärgerlich dürftig vor. Ganz schlimm ist es bei meinen Eltern. Krankheit und Tod sind eben nicht easy to like. Dann taucht auch noch ein altbekannter Gedanke auf: Hätte ich früher Geld gehabt, vielleicht hätte es einen Unterschied gemacht. Meine Mutter ist seit mehreren Jahren krank. Von Anfang an hieß es: Man muss dringend sofort handeln. Aber. Der nächste Termin ist in dreizehn Wochen. Warten auf die Untersuchung, auf die Laborwerte, auf den Beginn der Strahlentherapie, auf die Befunde, auf den Beginn der Chemo, auf den Kontrolltermin, auf die Operation, auf die Beratungen des Tumor-Boards, auf die nächste OP, auf den Beginn der nächsten Strahlenbehandlung. Kein Ende in Sicht. Als es anfangs hieß, es werde von Tag zu Tag schlimmer, man dürfe nicht mehr zuwarten, ist von ärztlicher Seite zweimal der unverhohlene Hinweis gekommen, es ginge schon schneller, das würde soundso viel kosten. Ich habe das ja nicht für möglich gehalten. Dass es wirklich darum geht. Das ist der Preis. Sofern Sie nicht privat versichert sind. Man will das nicht glauben. Man weiß, dass es so läuft, aber wenn es dann wirklich so läuft, ist es doch bestürzend. Manchmal gelingt es mir nicht, darüber nicht nachzudenken.

Ich denke an Ute und an einen ihrer Lieblingsbefehle: no hard feelings. Negative Emotionen vertreibe ich in aller Regel mit vier Stunden TikTok oder YouTube-Shorts-Dauerfeuer, dazu Kirschrum und Ibuprofen – *weil ich es mir wert bin*. Die Schattenseiten des Lebens lädt man besser nicht hoch, die sind als *Content* wenig brauchbar. Martin und ich nehmen uns vor, energiegeladen und positiv zurückzukehren. Nachdem wir uns von Heribert Wedel verabschiedet haben, wirft Martin die neu erworbenen Energiestäbe in den Kofferraum.

Auf der Rückfahrt sagt Martin: »Kunst.« Dann schweigt er lange. Ich habe mich schon damit abgefunden, dass nichts mehr kommt, als er erklärt, er habe sich früher sehr dafür interessiert. Gerne hätte er Malerei studiert. Aber an der Bildenden sei er nicht genommen worden. Wenn man nicht die richtigen Codes kenne, hätte man dort nichts zu melden. Die woke bubble hätte ihm keine Chance gegeben. Deswegen habe er sich den Finanzen zugewandt. Zahlen, Daten, Fakten. Das sei noch ein ehrliches Business.

»Aber jetzt!«, ruft Martin und drückt aufs Gas, der Maybach schießt dahin. Ich muss etwas Beruhigendes sagen.

»Okay«, murmle ich. Mehr fällt mir leider nicht ein. Er werde zur Kunst zurückfinden, meint Martin, denn er sehne sich nach Inspiration, um die kommenden Aufgaben zu bewältigen. Das Treffen mit Wedel sei erfüllend gewesen, allerdings sehne er sich nach weiteren Momenten der Erkenntnis. Was er sagt, klingt wunderlich. Vielleicht wirken die Energiestäbe schon.

»Wenn sich Banker treffen, reden sie über Kunst. Wenn sich Künstler treffen, reden sie über Geld«, sage ich.

»Ach, ich weiß eigentlich gar nicht, worüber andere Leute reden, ich höre selten wirklich zu«, entgegnet Martin.

»Aha«, antworte ich.

Dann dreht er das Radio auf, weil er Lust hat, in enormer Lautstärke Ö1 zu hören, während er über die Landstraße rast. Im Zuge der Bildung der niederösterreichischen Landesregierung hat der FPÖ-Politiker Gottfried Waldhäusl vor ein paar Jahren den Bau einer *Waldviertelautobahn* angekündigt, er selbst habe sein *Baby* in das Arbeitsübereinkommen *hineinverhandelt*. Diese wäre in einer solchen Geschwindigkeit eher befahrbar. Da es sie noch nicht gibt, komme ich nicht umhin, mir vorzustellen, wie Martin die Kontrolle über den Wagen verliert und der Maybach gegen einen der am Straßenrand stehenden Bäume knallt und ausbrennt. Doch dazu kommt es nicht, wir erreichen Wien unbeschadet.

Martin fährt in die Museumsquartier-Garage ein. Er hat nämlich keine Lust zu warten, er will den *Kunstgenuss* sofort, also hat er entschieden, dass wir nun das Leopold Museum besuchen. Klimt, Schiele, das seien Meister ihres Fachs, die seien so wie er, ihnen fühle er sich freundschaftlich verbunden. Hat er sich gerade mit Klimt und Schiele verglichen? Na ja! Wie Heribert Wedel es ausdrücken würde: *Bescheidenheit ist eine Zier, doch weiter kommt man ohne ihr.*

Martin rennt geradezu von einem Ausstellungsraum zum nächsten, er durchkreuzt sie in rasendem Tempo. Vor manchen großformatigen Gemälden verharrt er für ein bis zwei Sekunden, für einen Augenblick nimmt er eine Denkerpose ein, die zu flüchtig ist, um den Anschein zu erwecken, dass er das Bild intellektuell zu durchdringen versucht. Schließlich sind wir *durch*. Martin sieht mich zufrieden an, was so viel heißen soll wie: So. Gut. Das haben wir geschafft.

Wir sind erst seit rund zwanzig Minuten hier. Martin überlegt sichtlich: Was jetzt? Dann klingelt sein Smartphone. Mariam ruft ihn an. Ach ja, die gibt es ja auch noch, denkt er vermutlich, und er empfindet Freude, so scheint's zumindest. Martin meldet sich mit beschwingter Stimme und sagt: »Hallöchen.« Sie setzt ihn über eine Reihe von Terminen in Kenntnis, was er gut findet. Kein Leerlauf, auch privat nicht. Er winkt mir, dass ich gehen könne. Ich tue wie befohlen.

7

»Jedes Mal, wenn du ein Buch liest, stiehlst du mir Geld«, sagt Martin vorwurfsvoll. Er hat mich dabei erwischt, wie ich im Büro in *Die unerträgliche Leichtigkeit des Seins* vertieft gewesen bin. Martin verhält sich in den letzten Tagen wieder wie der Imperator, der er sein möchte. Seit unserer Rückkehr aus dem Waldviertel haben wir kein Wort über die Bunker-Krise gesprochen, über diesen kurzen Moment selbstzweiflerischer Schwäche. Nicht der Rede wert. Im Arbeitsalltag ist Ruhe eingekehrt, der Aktienkurs ist stabil. Solange die Anleger *PayNice* vertrauen, ist alles in Ordnung. Nicht der Staat ist die Instanz, die über uns richtet, sondern der freie Markt – das dürfen wir nicht vergessen. Martin hat nun also Zeit, sich um meine Bücher-Manie zu kümmern.

»Das ist ja ein richtiger Tick von dir.«

»Das Lesen?«

»Ja. Warum machst du das immer noch? Das ist ja schon regelrecht zwanghaft.«

Ich weiß nicht, ob ich ihm das erklären kann, ob ich es überhaupt versuchen soll. Was meint er mit *immer noch*? Denkt er, das Lesen sei zwecklos geworden, wenn man es geschafft habe, für ihn zu arbeiten?

»Es hilft mir, mich zu entspannen. Dabei kann ich gut abschalten.«

Martin kneift die Augen zusammen. Er überlegt, ob das Sinn ergibt.

»Abschalten? Aber verstehst du nicht, was du liest?«

»Doch, schon.«

Er sieht mich mitleidig an. Vielleicht hält er mich jetzt für einen funktionalen Analphabeten, der sinnerfassend lesen lernen möchte. Aber ich glaube nicht daran, dass man jemandem, dem Literatur nicht viel oder nichts bedeutet, erklären kann, wieso man einen Roman liest, wenn man sich auch Katzenvideos ansehen oder sich mit den neuesten Trends auf Insta befassen könnte. Was ich auch sage, Martin wird es unzureichend vorkommen. Als verheimlichte ich ihm etwas. Dann resümiert er, dass er ein bisschen Sprachbewusstsein schon zu schätzen wisse. Deutsch oder Englisch auf passablem Niveau müsse man können, wenn man bei *PayNice* arbeite. Er habe die HR-Menschen angewiesen, darauf wieder verstärkt zu achten.

»Ich kann das wirklich nicht leiden, wenn die Leute so dämliche Mails schreiben, ich versteh oft gar nicht, was die wollen, weil die das nicht akkurat ausdrücken können. Da geht viel Zeit verloren. Immer muss ich mich fragen: Was soll das eigentlich heißen?«

Was Martin überhaupt nicht aushält: das Verlorengehen der Zeit. Das ist nicht zu tolerieren. Aus einer Laune heraus schenke ich ihm *Die unerträgliche Leichtigkeit des Seins*. Martin schaut das Taschenbuch entgeistert an. Damit hat er nicht gerechnet. Was er auch nicht gerne hat: Wenn etwas passiert, das er nicht aktiv herbeigeführt und hundertprozentig gewollt hat. Schließlich sagt er: »Na, du bist mir einer.«

Wieder einmal ist eine unserer Unterhaltungen an einem Punkt totaler Schwachsinnigkeit angekommen, finde ich. Das geschieht nicht selten. Wenn ich ihn nicht schon das ein oder andere Mal erlebt hätte, wie er sein Potenzial abruft, es fiele mir schwer, ihn nicht für völlig inkompetent zu halten. Aber es gibt Momente, in denen er zeigt, dass er von Finanzdienstleistungen Ahnung hat. Dann werden eilig Meetings einberufen, und er spuckt hektisch aus, was ihm gerade eingefallen ist. Und manche seiner Vasallen sind klug genug, aus einigen seiner Ideen etwas zu destillieren, was den Anlegern gefallen wird. Martin hat Mathematik, Volkswirtschaftslehre und Wirtschaftsinformatik studiert, das vergisst man leicht, wenn man beobachtet, wie laut und großkotzig er bei Veranstaltungen auftritt, oder wenn er seinem Hang zum Monologisieren nachgibt. Er taucht zu häufig bei Events der *Wiener High Society* auf, einem Biotop, das auf Dauer niemandem guttut – das ist meine fachliche Einschätzung als Social-Media-Manager. Bei solchen Veranstaltungen trifft er zum Beispiel mit dem Szenegastronomen Marvin Yo, mit Ex-Skirennläufern, Reality-TV-Stars, Immobilienmogulen, Aufsichtsräten von Bauunternehmen und Ölkonzernen, reichen Erbinnen, dem Dompfarrer und Regierungsmitgliedern zusammen. Dass bei einem gelungenen Event bitteschön der Pfarrer des Stephansdoms dabei sein sollte, damit alles seine Richtigkeit hat – auch vor Gott –, das funktioniert an gewissen Orten in Wien noch immer, aber auf Social Media sind diese Events nicht mehr ohne Peinlichkeit darstellbar. Man kann das mithilfe der Bilder, die dabei entstehen, online nicht so erzählen, dass es akzeptabel wirkt. Martin will das nicht einsehen, da ist er beratungsresistent. So entsteht leider der – natürlich vollkommen aus der Luft gegriffene – Eindruck der Verhaberung. Die stecken ja alle unter einer Decke, könnten manche denken, die kein Sensorium für all die Nuancen der gegenseitigen Ablehnung und Verachtung haben, von denen diese Veranstaltungen auch geprägt sind.

Inzwischen liest Martin mit gerunzelter Stirn in *Die unerträgliche Leichtigkeit des Seins*. Wieso geht er nicht weg? Manchmal kommt er zu mir ins Büro, wenn er sich vor Ute versteckt. Das gibt er nicht zu. Aber er gehorcht ihr, so wie es alle tun. Dass er formal ihr Vorgesetzter ist, tut nichts zur Sache. Wenn sie der Ansicht ist, dass er etwas Bestimmtes zu tun hat, jemanden anrufen soll und dies und das sagen muss, dann gibt es da keine Diskussion. Und sie hat ja immer recht. Das ist das Schlimme daran: Ohne Ute käme er längst nicht mehr zurecht, er läge schon in Ketten, das weiß er, das weiß sie. Man ist ihr ausgeliefert. Er klappt das Buch zu.

»Mariam hat angefangen, sich für sexpositive Partys zu interessieren«, sagt er.

»Aha.«

»Ich hab mich in die Thematik eingearbeitet«, fügt er hinzu, was immer das bedeuten soll, »und bin zu dem Schluss gekommen, dass ich nicht zum Zielpublikum zähle. Und sie auch nicht. Wir können da nicht einfach auftauchen, wir sind zu bekannt. Aber sie will das nicht akzeptieren! Was soll ich tun? Wie ist das bei Klara und dir? Wart ihr schon mal bei so was?«

Was weiß er von Klara und mir? Ich dachte, dieses Geheimnis sei gut gehütet. Und wenn er, den zwischenmenschliche Beziehungen unter den Angestellten ungewöhnlich wenig kümmern, davon weiß, wissen dann alle von uns? Interessiert sich Mariam tatsächlich für sexpositive Events, oder ist das ein Test? Ich bereue, ihm das Buch geschenkt zu haben, er hat es nicht verdient. Martin ist schon viel zu lange in meinem Büro. Geh doch bitte endlich weg, denke ich.

»Wir haben in diesem Bereich keinerlei Erfahrungswerte«, antworte ich stattdessen. Dabei weiß ich gar nicht, ob das stimmt. Nur was mich angeht, ist die Datenlage klar. Ich nehme mir vor, Klara danach zu fragen. Ich könnte sagen: Der Chef will das wissen. Oder lieber nicht. Sie mag Martin nicht besonders, sie behauptet, am Ursprung jedes großen Problems säßen letztlich Leute wie er, was ich in manchen Momenten übertrieben, ungerecht und verallgemeinernd, in anderen jedoch vollkommen nachvollziehbar finde.

»Schade«, murmelt er.

Das ist ein Fehler gewesen, ich habe *wir* gesagt. Ich hätte beteuern sollen, dass zwischen Klara und mir nichts ist, was der Rede wert wäre, um zu vermeiden, dass er mein Beziehungsleben als einen Teilbereich seiner *Projektarbeit* begreift. Ich finde es verständlich, wenn es ihm Freude bereitet, mich wie ein Projekt voranzutreiben, das zügig zum Abschluss gebracht werden muss. Das Wunder Mensch ist eine schöne, das Projekt Mensch jedoch die geilere Idee. Dahingehend werde ich ihm nie einen Vorwurf machen.

Aber er soll nichts über Klara wissen. Sie hat Ute um meine *Freigabe* gebeten. Klara hat beschlossen, mich in den Urlaub mitzunehmen. Da sie mich persönlich überhaupt nicht gefragt hat, wie ich das finde, komme ich mir schon ein bisschen wie ein Gepäckstück vor, wobei ich das nicht grundsätzlich schlecht finde. Denken ist ja sehr anstrengend, und ich mag Flugbuchungsplattformen nicht besonders, die sind meistens nicht sehr übersichtlich, und man muss zu viele Felder mit Daten befüllen, wodurch man schnell müde wird. Wenn Klara das übernimmt, ist mir das nur recht. Ute hat die Freigabe erteilt, wodurch Martin keinen Einfluss mehr auf unsere Urlaubsplanung nehmen kann, weil Ute unsere Liebe deckt und gutheißt. Grundsätzlich reizvoll: eine Liebe, die nicht sein darf. Wie Romeo und Julia. Pragmatisch gesehen aber deutlich besser: Ute im Rücken, alles in allem stressfreier, was viel wert ist.

Martin hat immer noch nicht vor, mein Büro zu verlassen, sondern erzählt mir von seinen Plänen für den heutigen Abend, an dem er den Gründer von *Cryptohorse* in der Bar im Sofitel treffen wird. Da besteht die Gefahr, dass er morgen schlecht gelaunt sein wird. Die *Cryptohorse*-Boys stehen in einem massiven Konkurrenzverhältnis zu den *PayNice*-Boys. Der Gründer ist ein paar Jahre jünger als Martin, er hat es – aus irgendeinem Grund – auf das Cover der französischen Ausgabe der Vogue geschafft, ist in der Tonight Show bei Jimmy Fallon gewesen, wo er – in maßloser Übertreibung – als *sexiest CEO alive* bezeichnet worden ist, und über ihn wird deutlich wohlwollender berichtet als über Martin. Obwohl *Cryptohorse* zu schnell gewachsen ist, wodurch Umstrukturierungsmaßnahmen nötig geworden sind, die dazu geführt haben, dass vierzig Prozent der Belegschaft gekündigt werden musste, hat sich der Gründer eine der teuersten Luxusyachten der Welt gekauft. Das hat Martin schon auch sehr besonders gefunden: sich eine Yacht um 400 Millionen Euro zu kaufen und fast zeitgleich 800 Menschen beim Arbeitsmarktservice zur Kündigung vorzumerken. Das traut sich wirklich nicht jeder. Da hat er beschlossen, dass er den *Cryptohorse-Brudi* zwar nie wirklich mögen, aber ihn immer respektieren wird. Man trifft sich alle paar Monate.

Martin interessiert sich nicht unbedingt dafür, reicher oder mächtiger zu sein als andere, ihm geht es vorrangig um CEO-Credibility, um Status, um die Strahlkraft seines Egos. Er starrt auf seine Hände, wahrscheinlich denkt er an seinen Abendtermin, stellt sich vor, wie es sein wird, wenn sie sich gegenübersitzen. Wieso nur ist dieser Lump in die Tonight Show eingeladen worden? Es ist nicht zu begreifen. Es muss mit seiner Kurzzeitbeziehung zu dieser Sängerin, deren Name ihm gerade nicht einfallen will, zusammenhängen, die ist damals überdurchschnittlich gehypt worden. Aber das allein rechtfertigt die Einladung dieses Langweilers nicht. Was denken sich eigentlich die Leute in der Redaktion der Tonight Show? Absurd alles. Ärgerlich. Aber genug, jetzt wieder positiv. Rückbesinnung auf das Ich. Alles, was nicht mit MIR zu tun hat, muss MICH nicht interessieren. Denn am Ende geht es doch immer um den EIGENEN Leistungswillen. FÜR MICH BIN ICH AM WICHTIGSTEN, was kümmert mich der Depp. So was in der Art geht in Martin vor, spätestens jetzt denkt er in Großbuchstuben. ALSO LOS JETZT. Er steht auf und stürmt aus meinem Büro.

Ich atme zufrieden durch. Das Buch hat er liegengelassen, aber jetzt ist mir nicht danach weiterzulesen. Lieber ein bisschen Solitaire spielen. Die Entspannung habe ich mir verdient. Meine Begeisterung für Solitaire ist die einzige Form von Nostalgie, die ich mir bewusst erlaube. Wie so viele zuvor widersetze ich mich dem Diktum der Produktivitätssteigerung durch dieses höchst gelungene virtuelle Kartenspiel, diesen Gipfel der Spielekunst. Man führt eine Tradition weiter, stelle ich mir vor, die in den Neunzigern und Nullerjahren in Bezirksämtern ihren Höhepunkt erreicht hat, aber bis heute fortlebt. Manche von denen, die damals Solitaire gespielt haben, statt sich einem Akt nach dem anderen zu widmen, müssen nie mehr im Leben arbeiten. Wie ich sie beneide. Ich bin zwar noch nicht lange bei *PayNice*, aber ich habe bereits die Zeit gefunden, mithilfe des Online-Pensionsrechners zu ermitteln, bis wann ich noch arbeiten muss. Leider schon noch sehr lange.

Dass Solitaire auf dem PC in meinem Büro nicht vorinstalliert ist, weshalb ich auf eine Online-Version zurückgreifen muss, halte ich für einen Fehler. Ich sollte das mit den IT-Menschen besprechen. Die werden für meinen Input sicherlich dankbar sein. In der IT arbeiten viele junge, dynamische Amerikaner. Die finden alles great, auch wenn sie es scheiße finden. Mit manchen von ihnen treffe ich mich regelmäßig zum Joggen. Wir trainieren für den Halbmarathon, dazu habe ich mich während einer Kaffeepause überreden lassen. In der Trainingsgruppe herrscht eine eigenartige Mischung aus gegenseitiger Unterstützung und Konkurrenzkampf. Jeder der IT-Typen möchte am fittesten sein. Mich sehen sie als minderwertig an, was nicht so sehr daran liegt, dass ich zu langsam laufe, sondern an dem offensichtlichen Mangel an Entschlossenheit. Sie zweifeln, ob ich wirklich bereit bin, alles zu geben. Das möchte ich selbstverständlich nicht. Warum auch? Jedenfalls erteilen sie mir Ratschläge, wie ich mein Aufbautraining gestalten solle. Einer hat mir ein Buch geschenkt: *DAS IST ALPHA! Die 10 Boss-Gebote*. Damit habe er Deutsch gelernt. Es sei das beste Buch, das jemals in deutscher Sprache geschrieben worden sei. Ich bin skeptisch gewesen. Woher will er das wissen, wenn er noch kein anderes gelesen hat? Ich solle ihm vertrauen, hat er gesagt. *Trust me.*

So was mache ich eigentlich nicht: Leuten einfach so vertrauen. Aber jetzt folge ich dem Impuls und nehme das Buch aus der untersten Schreibtischschublade. Es wird Zeit zu erfahren, wie man vom *Lauch* zum *Boss* wird. Während der Lektüre fühle ich mich an ein Buch über den mittelalterlichen Wanderprediger Johannes Tauler erinnert, das ich vor einigen Jahren gelesen habe.

Zwischendurch checke ich die Social-Media-Auftritte von *PayNice*. Ich arbeite gewissenhaft. Nur gibt es gerade nicht viel zu tun. Es ist Ruhe eingekehrt, die gilt es zu bewahren, in letzter Zeit hatten wir zu viele kontroverselle Debatten auf unseren Kanälen. Und genau in dem Moment, in dem ich das denke, höre ich Martin auf dem Gang schreien. Bisher habe ich noch nicht erlebt, dass er laut geworden ist. Es kursieren auch keine Berichte darüber. Martin brüllt nicht herum, das ist nicht seine Art.

»Offensive!«, verstehe ich, mehr nicht, weil Ute ihm das Wort abschneidet.

»Mach doch, was du willst!«, ruft sie.

Ich trete aus meinem Büro. Sofort verhalten sie sich wie Eltern, die so tun, als hätten sie sich nicht gestritten, als wäre alles in Ordnung. Eine unbedeutende Meinungsverschiedenheit, mehr nicht. Keiner der anderen Angestellten hat es gewagt, sich ihnen zu nähern. Nur ich habe nicht erkannt, wie unangebracht es ist, mich einzumischen. Aber jetzt bin ich ja schon hier und kann meine Qualitäten als Mediator beweisen.

»Was ist denn los?«, frage ich.

»Sie hat meinen Flug gecancelt. Sie hat der Crew freigegeben«, sagt Martin vorwurfsvoll. Ich verstehe nicht, wovon er redet. Er hat sich dazu entschieden, es mir nicht zu erklären, sondern zu schmollen. Ich denke, das ist sein gutes Recht.

Ute setzt mich über die wichtigsten *hard facts* in Kenntnis: Martin hat erfahren, dass die *Financial Times* in Kürze die Ergebnisse einer groß angelegten investigativen Recherche bringen will: Man hat sich mit dem Asiengeschäft von *PayNice* beschäftigt und behauptet nun, es seien Umsätze und Kunden erfunden worden, um die Bilanz zu halten. Und er will sich das jetzt nicht mehr gefallen lassen.

»Er glaubt, er muss in die Offensive gehen! Er glaubt, es ist klug, sich in den Privatjet zu setzen und dort aufzutauchen!«

Martin hat unentwegt den Kopf geschüttelt, während Ute gesprochen hat. Zudem hat er begonnen, kurze Chatnachrichten an alle möglichen Leute zu verschicken. Das macht er manchmal, um sich zu entspannen. Ich muss ihn wieder für das Gespräch gewinnen, eine versöhnlichere

Stimmung herstellen. Was es jetzt braucht, sind deeskalierende Worte meinerseits. Paartherapeut ist ein Beruf, den zu ergreifen ich mir vorstellen kann. Das könnte interessant sein: Da sitzen zwei Leute, die sich lieben oder hassen oder lieben und hassen, und man hört zunächst einmal eine Weile zu. Und was man ihnen zu raten hat, wird man ja lernen können. Das traue ich mir zu. Ich könnte mich zu einem vortrefflichen Paartherapeuten und Mediator ausbilden lassen, langsam fühle ich mich als Social-Media-Manager ein wenig unterfordert, was nicht heißen soll, dass Social-Media-Kanäle zu managen keine hochkomplexe Tätigkeit ist, denn das ist sie zweifellos, aber ich muss mich diversifizieren, um wirklich die beste Version meiner selbst zu werden. Die *Boss-Gebote* zeigen offensichtlich ihre Wirkung. Ich setze mir keine Grenzen mehr. Nie wieder. Ute und Martin sind zwar kein Liebespaar, aber ein Paar sind sie, das steht außer Frage. Ich stelle mir vor, wie ich Bud Spencer und Terence Hill oder Asterix und Obelix therapiere, was natürlich schlecht ist. Sich etwas vorstellen – das bringt nichts. Ganz im Moment zu leben – das ist Alpha.

»Am besten sagt ihr euch jetzt, was ihr aneinander schätzt«, versuche ich die Situation zu entkrampfen. Leider sind anscheinend beide noch nicht so weit. Martin wendet sich für einen Augenblick mir zu und verlangt: »Bring mir Karl-Hans.« So wie er das sagt, klingt es Furcht einflößend. Karl-Hans leitet die Rechtsabteilung, er sieht aus wie Patrick Bateman aus *American Psycho*, ich mag ihn. Er hat mich schon in seine Villa in Hietzing und zum Golfen eingeladen. Beim vierten Loch hab ich ihm gesagt, wie sehr er Bateman ähnele. Er hat sich über alle Maßen geschmeichelt gefühlt. Zu meiner Überraschung hat er mir gestanden, das sei durchaus Absicht. Er finde es amüsant, dessen Stil zu kopieren und zuzusehen, wie weit er damit komme. Das erzähle er sonst nicht, aber bei mir mache er eine Ausnahme, er habe den Eindruck, ich könne ihn verstehen. Karl-Hans ist nicht der einzige Bateman-Nachahmer. Vor Jahren ist das Patrick-Bateman-Trainingsprogramm einmal viral gegangen. Da haben sich alle möglichen Prominenten dabei gefilmt, wie sie so trainieren wie der psychopathische Serienmörder Bateman. Ich sollte meinen neuen IT-Freunden davon erzählen, denen wird das gefallen. Hoffentlich werden Martin und Karl-Hans nicht streiten.

»Was willst du denn jetzt von Karl-Hans?«, fährt Ute ihn an.

»Er hat die Belege! Es gibt jede einzelne dieser Firmen. Jede Transaktion kann nachvollzogen werden!«

»Er hat mit den Geschäften in Asien überhaupt nichts zu tun.«

»Karl-Hans hat einen guten Überblick über alles. Er wird wissen, was zu tun ist. Hol ihn her!«, befiehlt Martin, an mich gewandt.

»Bleib hier!«, sagt Ute mit zornfunkelnden Augen.

Ich fühle mich zerrissen.

»Die Prüfer haben sie auch nicht gefunden«, sagt Ute.

»Was soll das heißen?«

»Es gibt diese Unternehmen nicht, das weißt du ganz genau«, sagt Ute.

»Ist das ein Scherz? Auf welcher Seite stehst du?«

»Du musst auf mich hören, dann wird alles gut«, behauptet sie. Ute sieht Martin durchdringend an, sie hat gewonnen. Er verschickt weiterhin Chatnachrichten, um den Eindruck zu erwecken, er unternehme etwas, aber er lässt die Schultern hängen, sein Mund steht leicht offen, er wirkt verstört.

»Du hast doch heute Abend den Termin mit Björn von *Cryptohorse*, das wird sicher lustig«, sagt Ute. Martin wird diesen Hinweis nur als weitere Provokation verstehen. Ist ihr das bewusst? Selbstverständlich. Sie will ihre Macht demonstrieren. Es wird geschehen, was sie sagt: Man wird Ruhe bewahren. Alles dementieren. Sich nicht verrückt machen lassen. Sich mit den Anwälten beraten. Auf Zeit spielen.

»Alles geht weiter wie gewohnt. Es gibt keine andere Möglichkeit. Wenn wir panisch reagieren, sackt der Aktienkurs ab. Sobald das passiert, ist es aus.«

Ute hat recht. Sie hat ja immer recht. Martin hat sich etwas beruhigt. Ich allerdings mache mir Sorgen um Ute. Zum ersten Mal wirkt sie, als wäre sie sich nicht mehr sicher, den Behörden auf lange Sicht überlegen zu sein. Deswegen gehe ich kurz zurück in mein Büro und übergebe ihr feierlich *DAS IST ALPHA! Die 10 Boss-Gebote*.

»Danke«, sagt sie mit müder Stimme.

Ach, Erschöpfung – wie langweilig. Martin und Ute stehen immer noch im Gang herum, sie wirken unfähig, sich zu ihren Schreibtischen zu bewegen, wo sie nicht so verloren wären.

»Also jetzt wird es mir hier wirklich zu trostlos«, sage ich in die Stille hinein.

Wir sind urlaubsreif. Wenn man Ute, Martin und mich so sieht, kann man zu einem anderen Schluss nicht kommen. Mein Blick fällt auf eine Topfpflanze, die in einiger Entfernung auf einem weißen Tischchen postiert ist. Sie lässt die Blätter hängen, manche davon sind bereits bräunlich. Viel zu lange schon ist sie nicht mehr gegossen worden. Und ich denke, an die Topfpflanze gewandt: Warum stirbst du nicht endlich? Es könnte angebracht sein, wenn ich mir nicht nur um Ute und Martin Sorgen machte, sondern auch um mich. Denn nur wer sich selbst liebt, kann geliebt werden, denke ich und komme mir sehr gestört vor, bevor ich in mein Büro zurückkehre, um eine neue Runde Solitaire zu beginnen.

Nein, das ist das falsche Wort. *Gestört* ist zu hart, *überreizt* ist besser. Man darf nicht so streng mit sich sein. Oder schon? Das müsste ich nachlesen, aber jetzt habe ich das Buch Ute geschenkt, mir bleibt nur Kundera. Ich ziehe die Karten von dort nach da und von hier nach dort.

8

Mir ist kalt. Als Klara mir mitgeteilt hat, sie habe beschlossen, mich nach Georgien mitzunehmen, und bei Ute meine Freigabe erwirkt, ist mir nicht klar gewesen, dass wir in einem unbeheizten Raum schlafen werden. Hätte ich das gewusst, hätte ich mir noch einen wärmeren Pyjama gekauft. Bei den Fenstern zieht es herein, die Kälte lässt sich nicht draußen halten, die Zimmertemperatur beträgt knapp zehn Grad. Aber alle tun so, als wäre es ganz normal, Schlafräume nicht zu beheizen.

Wir übernachten bei Klaras Cousine in einem Haus in Abascha, einer Kleinstadt in Mingrelien. Ich erinnere mich sehnsüchtig an die Wärme, die der Ofen in der Küche, der seit Stunden aus ist, gespendet hat. Aber ich beschwere mich nicht, um nicht als verweichlichter Mitteleuropäer zu gelten. Außerdem will ich Klara keinen Grund geben, unzufrieden mit mir zu sein. Zurzeit läuft es sehr gut zwischen uns, finde ich. Als wir uns noch nicht so gut gekannt haben, hat sie nie darauf vergessen, mir zu verstehen zu geben, wie austauschbar ich sei und wie leicht es wäre, mich innerhalb kürzester Zeit zu ersetzen, sofern ich *schwierig* werden sollte. Das habe ich absolut verstehen können. Wer will am Beginn einer Beziehung schon zu viel Commitment zeigen, in dieser heiklen Phase, in der man noch nicht weiß, ob sich das emotionale Investment lohnen wird. Diese Zeit der Unverbindlichkeit, in der sie mich meistens auf Distanz gehalten hat, ist vorüber, wir führen mittlerweile richtig gute Gespräche.

Auch hier in Abascha reüssiere ich. Ihre Tante – eine Notarin, eine gebildete, kluge Frau – ist gleich nach unserer Ankunft vorbeigekommen, um mich anzusehen. Sie ist der Meinung gewesen, ich sähe wie aus einem westlichen Film aus, was ich als Kompliment verstehe, wenngleich mir später eingefallen ist, dass das nicht zwangsläufig positiv gemeint sein muss. In Filmen tauchen doch alle möglichen Menschen auf, in *Blutgericht in Texas* beispielsweise spielen vornehmlich Leute mit, mit denen man privat nicht unbedingt zu tun haben und Khinkali essen möchte. Khinkali sind georgische Teigtaschen, das habe ich schon gelernt. So erweitere ich meinen Horizont, Ute wäre stolz auf mich. Wenn es nur nicht so kalt wäre. Klara schläft schon.

Ich muss niesen, und mein Hals kratzt. Erste Krankheitssymptome. Oder bilde ich mir das ein? Wir sind erst vorgestern angekommen. Ich nehme mir vor, nicht krank zu werden. Der absolute Wille ist entscheidend. Ich werde nicht krank werden. Bedauerlicherweise bin ich für Reisen grundsätzlich nicht besonders geeignet. Ich habe einen Hang zu Nebenhöhlenentzündungen und Magenproblemen. Chronische Sinusitis reimt sich auf chronische Gastritis. Ein Reimpaar, perfekt für einen Ballermannhit. Außerdem bin ich vielleicht ein bisschen neurotisch. Meine Nasenscheidewand ist jedenfalls von Geburt an sehr schief, das begünstigt die Entstehung von Nebenhöhlenentzündungen. Die Nasenscheidewand kann auch vom Koksen schief werden, habe ich gelesen, aber gekokst habe ich noch nie, soweit ich mich erinnere. Von nun an bin ich jedoch ein Mensch ohne Nebenhöhlenentzündung. Man muss daran glauben, das ist das ganze Geheimnis.

Als ich am nächsten Morgen aufwache, habe ich Schnupfen und Halsschmerzen. Das ist nicht so schlimm. Im Laufe des Tages merke ich allerdings, wie sich das Fieber heranschleicht. Mal ist mir heiß, dann wieder eiskalt. Ich fasse den Entschluss, mich nicht zu verraten. Klara erkundigt sich, ob es mir nicht gut gehe, woraufhin ich entgegne, ich sei mir unsicher, ob ich für die Hochzeit passend angezogen sei.

»Es ist keine Hochzeit, es ist ein Verlobungsessen«, sagt Klara.

Das habe ich gewusst, aber so habe ich sie von meinem Gesundheitszustand abgelenkt. Mittlerweile habe ich gelernt, Unterhaltungen in meinem Sinne umzuleiten. Ute hat mir viel beigebracht. Wir sind bei einer Freundin von Klara zum Verlobungsessen eingeladen. Klara hat hier sehr viele Freundinnen und Verwandte, überhaupt scheint jeder in Abascha sie zu kennen. Als Kind ist sie immer in den Sommerferien hergekommen. Wenn ich sie nun begleite, ist klar, dass ich einer kritischen Prüfung unterzogen werde.

Ein kränklicher, schwindsüchtiger Bursche – so stünde es in einem französischen Roman des frühen 19. Jahrhunderts über mich geschrieben. Wie kann es mir nur gelingen, dass das Ergebnis der Überprüfung besser ausfällt? Vielleicht ist meine Sorge vor einer schlechten Bewertung unbegründet. Eine Freundin von Klara stellt fest:

»You don't look like Boris Becker.« Ob das gut oder eher bedauerlich ist, erschließt sich mir nicht.

Man begegnet mir überaus herzlich. Wo ich hinkomme, wird der Tisch sofort reich gedeckt. Könnten diese Offenheit und Freundlichkeit nur eine Strategie sein? Seit ich bei *PayNice* arbeite, fällt es mir schwer, mir vorzustellen, dass jemand ohne Hintergedanken agiert. Zwecklose Herzlichkeit – was soll das? Damit umzugehen hat mir Ute nicht beibringen können. Auch Klaras Cousin Aleko hat mich überschwänglich begrüßt. Er hat mich gleich umarmt, das hat ein bisschen wehgetan, weil er ein 2,10 Meter großer Elitesoldat ist, dem nicht bewusst zu sein scheint, wie viel kräftiger er im Vergleich zu jemandem wie mir ist.

»Heil Hitler!«, hat er gerufen und milde gelächelt.

Kurz bin ich sprachlos gewesen. Klara hat sich aufgeregt, ihm ist die Situation peinlich gewesen, er habe nur einen Scherz machen wollen. Vor Jahren habe er einmal mit österreichischen Soldaten zu tun gehabt, die habe er auch immer so begrüßt, die hätten das lustig gefunden. Aleko hat zahlreiche Auslandseinsätze hinter sich, jahrelang ist er in Afghanistan stationiert gewesen, bevor sich die internationalen Truppen aus dem Land zurückgezogen haben. Wenn ich einmal ein Problem hätte, könnte ich auf ihn zählen, sagt er. Das ist gut zu wissen. In ihm hat *PayNice* einen neuen Verbündeten gefunden, einen Mann fürs Grobe.

Falls ich Klara jedoch nicht gut behandeln oder ihr gar *das Herz brechen* sollte, werde er mich fertigmachen. *I'll wreck you.* Das so zu sagen, finde ich ein bisschen kitschig und klischeehaft, aber schon auch Furcht einflößend. Herzen brechen nicht, sie bleiben eines Tages stehen. Wenn eine Beziehung zu Ende geht, ist das vielleicht schade, aber kein Grund für Gewaltandrohungen. Es gibt Tausende andere Möglichkeiten. Wieso sollte man das so schwernehmen. Männer gibt es wie Mist, hat meine Oma gerne gesagt.

Aber ich sage Aleko nicht, was für eine weise Frau meine Großmutter gewesen ist, sondern nehme lächelnd zur Kenntnis, was er mir mitzuteilen hat. Mir ist sehr daran gelegen, ihn auf meiner Seite zu wissen. Beim Verlobungsessen sitzt er dann auch gegenüber von Klara und mir. Leider sieht mich die Braut wütend an. Offenkundig bin ich die Attraktion des Abends, ich bin das Neue, das unerwartet hereinbricht. Während Klara als Tochter einer Frau, die aus Abascha stammt, vorbehaltlos als Einheimische betrachtet wird, bin ich ein Unbekannter. Oder überschätze ich meine Bedeutung? Nein, ich denke nicht.

Ich sitze zwischen Klara und einem älteren Herrn, der so wirkt, als freue er sich aufrichtig, mit mir auf Deutsch reden zu können. Mit den Jüngeren spreche ich Englisch, mit manchen der Älteren Deutsch, weil sie das noch in der Schule gelernt haben. Mein Sitznachbar zeigt mir seine Tätowierungen und erklärt mir ihre Bedeutungen. Er sei ein *Dieb im Gesetz* gewesen. In erstaunlich gutem Deutsch erzählt er von Drogendeals, Erpressungen und korrupten Politikern, während Klara mir zuflüstert, er übertreibe maßlos, und das meiste davon stimme sicher nicht. Dann erkundigt er sich nach meinem Beruf.

»Im Grunde bin ich auch so eine Art Dieb im Gesetz. Ich

arbeite als Social-Media-Manager bei *PayNice*. Kennen Sie vielleicht.«

Er lächelt, ja, selbstverständlich, er nutze *PayNice* über eine App auf seiner Uhr. Stolz zeigt er mir die Smartwatch an seinem Handgelenk, die ihm seine Tochter geschickt hat, die als Ärztin in Chicago arbeitet.

»Hat es in Österreich Diebe im Gesetz gegeben?«, erkundigt er sich.

»Es hat so eine Vereinigung gegeben, die sich Kabinett Kurz genannt hat.«

Das sagt ihm nichts.

»Österreich«, murmelt er und überlegt anscheinend, was ihm dazu einfällt.

»Mozart. Mozart und Hitler«, sagt er nach einer Weile.

»Na ja, wir haben auch die Venus von Willendorf und den Ötzi, den Mann aus dem Eis.«

So kommt die Lüge in die Welt, denke ich. Der Ötzi ist im Südtiroler Teil der Alpen gefunden worden, aber das wird mein Sitznachbar nie erfahren. Ich finde es nicht uninteressant, worauf so ein Land aus der Ferne zusammenschrumpft. Plötzlich verfinstert sich die Miene meines Gesprächspartners.

»Dieser Herr Bert – will er wirklich Konzentrationslager errichten?«

»Was?«

Schnell googelt er nach einem Zeitungsartikel. Triumphierend hält er mir sein iPhone hin, ich erkenne das Gesicht von Herbert Kickl. Ach so, vor Jahren hat Kickl einmal gemeint, er wolle Asylwerber *konzentriert halten*, darüber ist international berichtet worden.

»Nein, nein, das wird er nie tun, so hat er das auch nicht gemeint. Es ist schon einige Jahre her, als er das gesagt hat, Herbert hat sich wirklich verändert, er redet jetzt staatsmännischer, hat einen neuen Volkskanzlerstil«, erkläre ich. Es fühlt sich sehr besonders und überhaupt nicht falsch an, das zu sagen. Allerdings habe ich Fieber und bin besoffen, das mag eine Rolle spielen. Jetzt hat der Mann angefangen, einen Artikel über rechtsextreme und neonazistische Vorfälle in der FPÖ zu lesen. In den letzten Jahren ist im deutschsprachigen Raum, insbesondere in Österreich, vermehrt die Forderung erhoben worden, man müsse rechtsradikale Extrempositionen als zu respektierende Meinungen anerkennen und zulassen, weil man aus der Vergangenheit den Schluss gezogen haben dürfte, dass Appeasement-Politik hervorragend funktioniert und Zugeständnisse an extreme politische Kräfte keinerlei negative Effekte nach sich ziehen. Ob mein georgischer Gesprächspartner von dieser Tendenz weiß, ist mir nicht klar. Falls nicht, sind einige der Schlagzeilen, die er online findet, nun sicherlich schockierend für ihn. Er runzelt die Stirn, wirkt ehrlich besorgt.

»Hören Sie auf, Berichte über Österreich zu lesen!«

»Er hat auch gesagt, dass die Waffen-SS nicht kollektiv schuldig zu sprechen ist!«

»Ja, na ja! Was soll ich sagen!«

»Anton Reinthaller, der erste Bundesparteiobmann der FPÖ, war ein ehemaliger Brigadeführer der SS! Hast du das gewusst? Wissen das die Menschen, die diese Partei gewählt haben? Man muss es ihnen sagen!«

»Das ist ihnen egal, die Leute sind wütend. Man kann

nicht sagen, dass das eben Nazis sind, damit macht man es sich zu leicht.«

»Wütend worauf?«

»Also eher so grundsätzlich. Also na ja, das stimmt jetzt vielleicht auch nicht so ganz. Es ist einfach alles nicht so einfach.«

Die Vermessung der Volkskanzlerseele ist eine höchst diffizile Angelegenheit, er wird die Feinheiten des austriakischen Wesens ohnehin nicht begreifen können.

»Einfach nicht so einfach?«

Jetzt schaut er traurig.

»Dass es in den USA schlimm zugeht, das wusste ich! Aber Österreich, die Insel der Seligen! Ach! Bist du auch bei einer Burschenschaft?«

»Nein. Übrigens bin ich auch ein Künstler, und als solcher befasse ich mich nicht mit den Niederungen der Politik, sondern mit dem Schönen und Erhabenen.«

Hoffentlich gibt er jetzt Ruhe.

»Bist du deshalb schon einmal verprügelt worden? Wann kam es zu den letzten Pogromen?«, will er wissen.

»Man wird in Österreich nicht verprügelt, wenn man kein Burschenschaftler ist!«

Nun sieht er mich misstrauisch an. Er glaubt mir nicht mehr. Der Rest der Welt versteht den Zauber dieses wundersamen Landes nicht, die Mir-wern-kan-Richter-brauchen-Mentalität. Während sich mein Sitznachbar in die Berichte über Rechtsradikalismus in Österreich vertieft, fällt es mir zunehmend schwer, mich auf das Tischgespräch zu konzentrieren. Ich schwitze wieder stark, die fiebersenkende Wirkung der Tabletten, die ich am Nachmittag genommen habe, lässt nach. Trinksprüche werden gesagt, es wird angestoßen, ich sollte nicht noch mehr trinken. Außerdem habe ich schon viel zu viel gegessen. Es gibt keine Tellergerichte, sondern die Tafel ist voller Speisen, die nie ausgehen. Sobald etwas weniger wird, holt man aus der Küche mehr davon.

Das Essen erstreckt sich über viele Stunden. Damit kann ich nicht umgehen, ich habe mich hoffnungslos überfressen. Nachdem ein Trinkspruch gesagt worden ist und man angestoßen hat, trinkt man das Glas leer. Rotwein auf ex zu trinken finde ich zwar gewöhnungsbedürftig, aber ich bin immer noch flexibel und stets bereit, Neues zu lernen. Wahlweise kann man auf Tschatscha umsteigen, einen ganz vorzüglichen Schnaps. Während ich ihn trinke, packt mich der Schüttelfrost. Ich werde geschüttelt. Es schüttelt mich. Mein Körper sendet Warnsignale, wie nervig.

Klara hat mittlerweile erkannt, dass mit mir etwas nicht stimmt. Sie redet auf mich ein, aber ich kann sie nicht verstehen. Zum einen dringt aus den Lautsprechern, die in den Ecken des Raumes aufgestellt worden sind, laute Musik. Zum anderen bin ich ziemlich deliriert. Diagnose: Delirium tremens – *Säuferwahnsinn*. Soll ich ihr sagen, wie sehr ich sie liebe? Nein, jetzt nicht. Zu früh. Mein Sitznachbar erzählt von seinem Militärdienst, den er bei der Marine verbracht habe. Wieso redet er ausgerechnet von einem Schiff? Alles schwankt, die Wogen gehen hoch. Ich wünschte, ich stünde auf festem Grund.

»Warum hast du mich nicht beschützt?«, frage ich Klara.

Dann werde ich ein bisschen ohnmächtig. Nur ganz kurz. Als ich wieder bei Bewusstsein bin – ein feuchtes Tuch liegt auf meiner Stirn, man gibt mir Wasser zu trinken –, beteuere ich, gerade einfach so Lust auf einen Powernap gehabt zu haben. Trotzdem passiert das in letzter Zeit zu oft. Zuerst in Kuala Lumpur, jetzt in Abascha. Das ist nicht gut.

Auf dem Weg nach Hause werde ich von Aleko gestützt. Ich denke, ich habe bei Klaras Freunden und Verwandten einen sehr guten Eindruck hinterlassen.

Nun bin ich also doch krank geworden. Nachdem ich aus düsteren Fieberträumen erwacht bin, bitte ich Klara, mich aus der Kälte zu bringen. Es kommt mir etwas lächerlich und melodramatisch vor, aber ich will leben. Klara hat angefangen, sich selbst Vorwürfe zu machen. Sie bedauert, einen so lebensuntüchtigen Menschen wie mich mitgenommen zu haben. »Was habe ich mir nur dabei gedacht!« Also fährt uns Aleko zum *Paragraph Resort & Spa* in Shekvetili, einem luxuriösen Hotel am Schwarzen Meer, wo ich mich erholen soll. Ich sehe es als eine Art Sanatoriumsaufenthalt, der mir bevorsteht. In der Nähe des Hotels befindet sich auch die *Black Sea Arena*, ein Stadion, das laut Aleko zu Ehren von Eminem errichtet worden sei – eine Behauptung, die sich durch eine spontane Google-Recherche nicht verifizieren lässt.

»Über den wollte ich einmal ein Buch schreiben«, sage ich.

»Wolltest du?«, fragt Klara, die nichts davon weiß, dass ich mich selbst hin und wieder als Autor begreife.

»Maxim hat mir dazu geraten.«

»Wer ist das?«

Ich schweige auf rätselhafte Weise. Immer schon wäre ich gerne ein geheimnisvoller Fremder gewesen, aber auch das ist mir bisher nicht gelungen, geht es mir durch den Kopf, woraufhin ich noch eine Tablette nehme, das Fieber steigt anscheinend schon wieder. Vor der Zufahrt zum Paragraph Resort stehen Wachleute mit Maschinengewehren, wodurch die Exklusivität des Orts klargemacht wird. Schon beim Check-in kümmert sich das Personal außerordentlich aufmerksam um uns. Ich muss sagen, ich fühle mich in seelenlosen Wellnesshotels nicht unwohl. Der schwindsüchtige Herr wird bald von seinem Fieber kuriert sein, denke ich, plötzlich ganz positiv gestimmt. Dann werde ich von einem Hustenanfall gebeutelt.

»Ein Schlafzimmer, in dem es etwas wärmer ist, hätte auch gereicht«, sage ich, weil es mir ein bisschen peinlich ist, dass wir nun wegen mir im teuersten Hotel des Landes absteigen. Klara hat wahrscheinlich andere Pläne gehabt für die nächsten Tage.

»Das Hotel gehört einem Freund von Martin. Wir können hier umsonst bleiben«, sagt Klara.

»Wir müssen hier nichts bezahlen, und trotzdem haben wir bei deiner Cousine in einem unbeheizten Zimmer geschlafen?«

»Ja, warum nicht?«

»Nur so.«

Um in den Spa-Bereich zu dürfen, sollte ich gesund sein. Schade, so kann ich die vielfältigen Angebote zurzeit nicht nutzen. Also liege ich im Bett und poste die eine oder andere Story. Ich frage Klara, ob ich die Beziehung öffentlich machen soll. Es reicht nicht, Freunde und Verwandte kennenzulernen, man muss auch die Follower auf dem Laufenden halten, das Liebesglück muss in Bilder gegossen werden, die zu liken leichtfällt. Das kann auch schiefgehen, wie etwa Alessandro Russo gerade erst hat erkennen müssen. Russo ist mit einer Abgeordneten der Linksfraktion auf den Malediven gesehen worden, die Strandfotos waren außerordentlich shitstormgeeignet. Der absolut erwartbare Spin: steigende Arbeitslosigkeit, Pflegekrise, Pensionskrise, überhaupt Krise, während er – in knallgrüner und zu enger Badehose – Caipirinha säuft. Er hat versucht, sich mit hektischen Posts zu verteidigen, was natürlich alles nur noch schlimmer gemacht hat.

So was wird mir nicht passieren, ich bin ein Profi. Online werde ich sehr gemocht, Herz-Emojis pflastern meinen Weg. Meine Profile sind ja auch wirklich toll, da kann man sich nicht beklagen. Ich sollte wieder einmal in den Tagebüchern von Daniil Charms lesen, denke ich. Darin finden sich Glanzstücke des augenzwinkernden Eigenlobs, die mir als Maxime meines Handelns immer gut gedient haben.

Ich rede mit Klara ein bisschen über Charms, wobei sie mir beruhigend die Stirn tätschelt, was ich zwar nett finde, mich aber doch auf die Rolle eines pflegebedürftigen Kindes festlegt, weshalb ich sie bitte, damit aufzuhören.

Die Texte von Daniil Charms waren in der Sowjetunion bis in die 1980er Jahre verboten. Sein Werk entstand unter widrigsten Bedingungen, sein Leben war von staatlichen Repressionen und Armut geprägt. Die von ihm mitgegründete Künstlervereinigung *OBERIU* wurde von der stalinistischen Kulturpolitik für staatsfeindlich erklärt

und verboten. Charms – mittlerweile für unzurechnungsfähig erklärt – verhungerte 1942 während der Leningrader
Blockade im Gefängnis. Zwanzig Jahre vor Ionesco oder
Beckett zog er den Figuren schon den Boden unter den
Füßen weg. Er ist ein Meister jener Art des absurden Business, dem sich auch *PayNice* verschrieben hat. Aber das ist
allen egal! Wenn ich über Charms rede, hat mir noch nie jemand mit der gebotenen Aufmerksamkeit – nämlich jener,
mit der man als zutiefst gläubiger Mensch einer Predigt
beiwohnt – zugehört. Weder Klara noch Martin noch Helene noch Maxim. Aber es sei ihnen verziehen, ich bin ein
großer Fan von Güte. Wenn ich nur nicht so müde wäre,
ich könnte diese Überlegung eventuell durch Taten unter-
mauern, denke ich. Daraufhin schlafe ich sechzehn Stunden. Die Qualität der Matratzen im *Paragraph Resort* ist hervorragend. Als ich aufwache, fühle ich mich runderneuert.
Ich wasche mein Gesicht und denke: So, und jetzt eine
Runde Solitaire. Aber nein, sogleich verbiete ich mir die
Verschwendung meiner Zeit. Lieber noch eine Story pos-
ten. Wenn ich als Social-Media-Manager im Urlaub meine
privaten Kanäle manage, fühlt sich das leider schon nach
Arbeit an, aber nach einer, die sich absolut lohnt.

»Das Internet mag dich«, sage ich zu Klara, die gerade
ins Zimmer kommt. Dem um ihr Haar gewickelten Hand-
tuch nach zu urteilen, ist sie Schwimmen gewesen. Warum hat sie nicht an meinem Bett Wache gehalten?

»Du bist also wieder unter den Lebenden«, stellt sie
fest.

Sie ist – sofern ich das korrekt einschätze – schon ein
bisschen genervt, aber sie hat mich noch nicht aufgege-

ben. Dass Klara sich auf mich eingelassen hat, sehe ich vor allem als Gnade, die mir zuteilwird. Diese Einstellung hilft ungemein dabei, nicht nur zu verlangen, sondern auch dankbar zu sein.

In den nächsten Tagen fahren wir ans Meer und in die Berge zu einem Kloster, wo es schon sehr kalt ist, aber ich reiße mich zusammen und beschwere mich nicht. Der Kaukasus erinnert mich an die Alpen. Wenn ich meine Wahrnehmungen adalbertstifterisch präzise beschreiben möchte, müsste da vielleicht mehr kommen. Hätte ich ein Notizbuch, statt meine Notizen nur zu tippen, ich könnte die Farbe des Himmels über den Bergen wortreich schildern. So müssen viele Berge verblassen, ohne eingehend beschrieben worden zu sein, was natürlich schade ist.

In Tiflis gefällt es mir ausgesprochen gut, die pulsierende Stadt passt hervorragend zu meinem feurigen Temperament, und das vorherrschende Lebensgefühl erscheint mir geradezu mediterran. Und das, obwohl es immer noch sehr kalt ist! Wir schlendern durch die verwinkelten Gassen der Altstadt, die von Backsteingebäuden mit hölzernen Balkonen, Außentreppen und Hinterhöfen geprägt ist. Die unübersichtliche Lebendigkeit der Stadt, das Nebeneinander von brutalistischen Wohnblöcken und neobarocken Bauten, die Techno-Clubs und der Umstand, dass es in Restaurants üblich ist, sehr viele Gerichte zu bestellen, lassen die Stadt zum idealen Ort für den *zur Neurasthenie neigenden Reisenden und seine sanftmütige Begleiterin* werden. Immer häufiger passiert es mir, wenn ich mich selbst analysiere, mich wie eine Figur aus einem Roman von Stendhal zu beschreiben. Das ist sicher nicht gesund. Reflexion ist das halbe Leben. Wie werde ich wahrgenommen. Online und auch sonst. Aber zu viel ist zu viel.

Auf dem Weg in den Stadtteil Gldani geht mein bisschen Leben dann fast zu Ende. Wir sind in eine Marschrutka gestiegen, diese Kleinbus-Sammeltaxis verkehren in der ganzen Stadt. Zunächst ist der Fahrer sehr ordentlich und überhaupt nicht verrückt gefahren. Dann ist er von einer anderen Marschrutka überholt worden, woraufhin ein Marschrutki-Wettrennen begonnen hat. Und jetzt rasen wir dahin, der andere Kleinbus versucht, den, in dem wir uns befinden, abzudrängen. Die Fahrgäste schreien und schimpfen, der Lenker soll gefälligst langsamer fahren oder anhalten, um sie aussteigen zu lassen. Aber dazu kommt es nicht mehr. Unser Fahrer verliert das Rennen, er wird von der Straße gedrängt, der Kleinbus gerät ins Schleudern, vor uns taucht eine Hausmauer auf, wo kommt die denn plötzlich her, das Kreischen ist ohrenbetäubend – nur ich lache. Und das ist schon ein bisschen bedenklich, dass ich angesichts einer solchen Lage in Gelächter ausbreche. Hier ruht der Social-Media-Manager Emil Rinderknecht. Gestorben bei einem Marschrutka-Wettrennen auf dem Weg nach Gldani. Er hat sich hin und wieder als Autor begriffen. Asche zu Asche, Staub zu Staub.

Der Kleinbus kommt wenige Zentimeter vor der Hausmauer zum Stehen. Der Fahrer umklammert das Steuer und rührt sich nicht, die meisten der Fahrgäste schreien ihn an. Aber er zeigt keine Reaktion, woraufhin sie schimpfend aussteigen.

»Fast wären wir gestorben«, sage ich.

»Also bitte! Es ist ja nichts passiert. Er hat noch bremsen können.«

»Du hast um dein Leben geschrien«, wende ich ein.

»Und du hast gelacht.«

Klara ist das also aufgefallen. Wie ist eine solche Reaktion in einer Gefahrensituation zu beurteilen? Soll ich meine Follower fragen, wie sie mein Verhalten einschätzen? Wieso sehne ich mich immer nach einer Instanz, die über mich richtet, die mich rated, liked, die meine Inhalte teilt?

Nachdem wir fast verunfallt wären, bin ich nicht mehr so entspannt. Tiflis kann nichts dafür, dass wir ins falsche Sammeltaxi gestiegen sind. Die Stadt hat meinem strengen Urteil standgehalten. Trotzdem freue ich mich wieder auf zu Hause. Urlaub sei schön, aber man komme dann auch gerne wieder heim, sage ich zu Klara. Natürlich kann man so was eigentlich nicht ernsthaft äußern, wenn man sich noch nicht ganz aufgegeben hat, weil es eine Phrase vollkommener Hohlheit ist, aber mit einem Glas Tomatensaft auf dem Klapptischchen vor sich erscheint mir die Bemerkung nicht nur zulässig, sondern zwingend. Klara liest das Bordmagazin, ich versuche, in ihrem Gesicht zu erkennen, ob sie alles in allem unzufrieden mit mir ist oder ob meine Leistung während dieser Urlaubsreise ausreichend war. Im Grunde weiß ich wenig davon, was in Menschen vorgeht. Sie sind rätselhaft. Manchmal sind sie glücklich und manchmal nicht, woran das liegt, ist in aller Regel schwer zu sagen, die allermeisten Probleme sind multifaktoriell, das Leben ist kurz und unübersichtlich, und warum habe ich Tomatensaft bestellt, was habe ich mir dabei nur gedacht? Er schmeckt mir nicht, aber ich trinke ihn trotzdem, so bin ich erzogen worden, denke ich, obwohl das nicht stimmt, nie bin ich gezwungen worden, Tomatensaft zu trinken.

Als das Flugzeug gelandet ist und der Donauwalzer aus den Lautsprechern dringt, sage ich zu Klara: »Willkommen in meiner Welt, der Welt von Red Bull.« Sie sieht mich an, als wäre ich nicht ganz gesund.

9

Ich sitze in meinem Büro und erstelle eine *WKStA-Warmup-Playlist* auf Spotify. Der richtige Soundtrack wird hilfreich dabei sein, sich auf die Befragung durch die Wirtschafts- und Korruptionsstaatsanwaltschaft vorzubereiten. Man muss mit der richtigen Einstellung reingehen: betört von der eigenen Unschuld. Okay ist es auch, wenn man sich an gar nichts mehr erinnern kann und sich bei jeder Frage entschlägt. Mir ist nicht erinnerlich, welche Personen in diese Prozesse eingebunden gewesen sein könnten, ich habe von nichts gehört und nichts gesehen. Soweit ich weiß, weiß ich nichts davon. Man darf sogar ein bisschen stolz sein, wenn man über nahezu keinen Bereich des eigenen Lebens mehr sprechen kann, ohne eventuell etwas strafrechtlich Relevantes zu verraten. Das verweist darauf, dass man allezeit durchsetzungsstark ist und auch vor unorthodoxen Methoden nicht zurückschreckt. Während Hip-Hop-Künstler gerne auf ihre absolut nicht blütenweiße Weste verweisen und sich am Anstieg der Street Credibility erfreuen, sind Wirtschaftskriminelle meistens zu bescheiden. So ein Ermittlungsverfahren kann man auch positiv sehen, als Akt der Selbstreinigung, aus dem man gestärkt hervorgeht. Martin wird nicht müde, das zu betonen.

Ich füge Songs von Kendrick Lamar, Flora Cash und Drake zur Playlist hinzu. *Started from the bottom, now we're here* – diese Storyline wird bei *PayNice* sehr geschätzt. Aus dem Nichts ist man gekommen und hat die ganze Finanzwelt unterjocht. *Ich möchte Teil einer Jugendbewegung sein* von Tocotronic darf nicht fehlen. Zwar sind die meisten Angestellten von *PayNice* nicht unbedingt Aficionados der Hamburger Schule, aber ich weiß schon, was sie jetzt brauchen, damit sie sich nicht unglücklich machen.

Wen sich die WKStA wann aussucht, ist kaum vorherzusehen. Die Ermittlungen sind mittlerweile sehr breit aufgestellt, die österreichischen Behörden kooperieren eng mit den deutschen, das öffentliche Interesse ist ungebrochen groß. Martin ist es in letzter Zeit gelungen, demonstrativ entspannt zu wirken. Immerhin wird sich alles klären lassen.

Während ich angestrengt an der Playlist arbeite, wird es draußen unruhig. Auf dem Gang wird geschrien und geflucht, Ute rennt an meinem Büro vorbei. Ausgerechnet jetzt ist es tatsächlich so weit: Der Aktienkurs sackt ab. Das hätte eigentlich viel früher passieren müssen. Wieso die Anleger *PayNice* noch so lange nicht aufgegeben haben, ist im Grunde nicht erklärbar. Game over. Mir tut es leid für Martin, er ist doch so ein netter Mensch. Und was soll nur aus den Boys werden. Andernorts werden sie es nicht so gut haben. Ich beobachte irritiert, wie einer der Mitarbeiter einen Feuerlöscher an sich reißt und gegen die Wand schleudert. Aber so hat jeder andere Methoden, mit schwierigen Situationen umzugehen. Es ist die Neugier, die mich in Martins Büro treibt. Man will dann doch wissen, was der Kapitän macht, wenn das Schiff sinkt. Er ist nicht da. Ute, Karl-Hans, Alen und circa fünfzehn weitere Personen aus der Führungsebene stehen unschlüssig herum. Was soll man tun, wenn niemand befiehlt?

»Er wird in ungefähr zwanzig Minuten da sein, er ist gerade auf der Rückfahrt aus dem Waldviertel«, sagt Ute.

Wieso verzieht er sich andauernd in diesen Bunker, ach Martin, das wird dir doch als Schwäche ausgelegt. In mir wächst das Verlangen, etwas Positives über ihn zu sagen. Er hat doch für alle, die nun in seinem Büro stehen, viel getan. Mir fällt leider kein Lob ein, das in der aktuellen Situation nicht lächerlich wirken und sogleich zerstäuben würde, weshalb ich dem betretenen Schweigen, in das nach einer kurzen Phase des hektischen Lamentierens alle verfallen sind, ein Ende setzen möchte, indem ich sage:

»Und wenn man glaubt, es geht nicht mehr, kommt von irgendwo ein Lichtlein her.«

Klara tritt gegen mein Schienbein.

»Aua!«

»Sei leise!«, zischt sie.

»Wieso denn? In solchen scheinbar hoffnungslosen Situationen werden Helden geboren. Ich übernehme Verantwortung, indem ich das Wort ergreife«, murmle ich.

»Pscht!«

Klara sieht mich vernichtend an, ich blicke – mich unterordnend – zu Boden. Ich glaube, sie hat DAS IST ALPHA! gelesen, sie kann sich so gut durchsetzen. Wieso ist sie überhaupt hier? Klara ist die Leiterin eines kleinen Teams, sie ist nicht im Spitzenmanagement tätig. In letzter Zeit ist sie aber zu einer Vertrauten von Ute geworden, wodurch sie ihre Position gestärkt hat. Ute und Klara erlauben aktuell niemandem zu sprechen. Wer es wagt, den Mund zu öffnen, wird mit zornerfüllten Blicken zurechtgestutzt. Wir heißen die Stille willkommen.

Innerlich brodelnd, kreidebleich und stumm stehen die Boys da und denken an die fallenden Kurse. Warum unternehmen sie nichts? Das kann doch nicht sein, dass sie ohne Martin so handlungsunfähig sind. Sie wirken gelähmt und zerstört. Angesichts des Absturzes von *PayNice* haben manche von ihnen so stark zu schwitzen begonnen, dass ihre Ausdünstungen eine ernsthafte olfaktorische Belastung darstellen.

Mir hingegen ist das ja alles egal, der große Crash, der Untergang, na und, das Leben geht weiter, was soll passieren, ich bin schon einmal wohnungslos und krank gewesen, das ist nicht neu für mich. Ich könnte jetzt Yogaübungen machen, wenn ich mich nicht vor Klara fürchtete, ich bin total entspannt, rede ich mir ein.

In diesem Moment stürmt Martin ins Büro, nein, er fällt in das Büro ein wie ein Entsatzheer in eine belagerte Stadt.

»Das werden wir nicht akzeptieren!«, sagt er.

Er blickt in die Runde. Tatsächlich lächeln manche und nicken ihm zu. Er fängt an, davon zu reden, was nun unbedingt unternommen werden muss. Ich schaue zu Ute hinüber, um zu überprüfen, ob sie noch an ihn glaubt. Sie sieht Martin nur voller Mitleid an. Ute weiß: Es ist vorbei. Ihr ist absolut klar, ab wann sie jemandem nicht mehr helfen kann.

Martin bemerkt, wie sie den Kopf schüttelt. Und jetzt stirbt in ihm die Hoffnung. Mit einer Bitterkeit in der Stimme, als sei er nun zum Äußersten bereit, sagt er zu Ute: »Ruf Markus Lanz an.«

Martin will *alles erklären*, er sei nun so weit. Ute könnte ihm detailliert schildern, wie ausweglos die Lage ist, aber sie will ihm diese Schmach ersparen. Früher hat Martin Talksendungen gemieden. Seit der *Cryptohorse*-Gründer in der Tonight Show gewesen ist, verfolgt er geradezu obsessiv alle derartigen TV-Formate.

»Ich habe eine Playlist erstellt, weil wir ja vermutlich bald von der WKStA befragt werden. Vielleicht nehme ich noch ein paar Änderungen daran vor, sie ist noch nicht perfekt. Sobald sie fertig ist, teile ich sie sehr gerne mit euch«, sage ich.

Klara sieht mich finster an, aber ich versuche doch nur, mich positiv einzubringen. Als Einziger! Alle anderen im Raum wirken erstarrt, sie beobachten Ute und Martin fassungslos. Er will nicht begreifen, wie hoffnungslos die Lage ist. Die Anleger haben entschieden, der Markt hat sein Urteil gesprochen, es ist vorbei. Es macht keinen Spaß mitanzusehen, wie jemand gedrängt wird, die Realität zu akzeptieren, und es macht erst recht keinen Spaß, die Realität zu akzeptieren, weshalb sich Martin logischerweise entschließt, vorerst davon abzusehen. Er lädt uns ein, ihn am Wochenende in seinem Jagdschloss in Baden bei Wien zu besuchen, einem seiner liebsten Nebenwohnsitze. Alle sind schockstarr, weil Martin offenbar beabsichtigt, so zu tun, als wäre der Untergang von *PayNice* – nichts anderes steht bevor – kein besonders großes Problem. Aber jetzt, sagt er, brauche er ein bisschen Ruhe und Zeit für sich.

»Ich muss euch bitten zu gehen. Wir sehen uns am Freitagabend im Schloss. Der Partykeller ist toll!«

Umgehend verlassen wir den gefallenen oder noch fallenden König, so wie befohlen. Keiner spricht ein Wort, weil es plötzlich viel naheliegender ist, sich dem Crash stumm hinzugeben. Auf dem Gang fällt mir die Topfpflanze auf, der ich den Tod gewünscht habe. Wider alle Erwartung wirkt sie viel vitaler als ich. Jemand muss sie gegossen haben, warum auch immer. Sie hat mich besiegt.

Die Stimmung, die in den nächsten Tagen in den Räumlichkeiten von *PayNice* herrscht, fasse ich in einer Nachricht an Klara folgendermaßen zusammen: *Diu vil michel êre was gelegen tôt. Di liute heten alle jâmer unde nôt.* Klara antwortet: *Was?* Ich reagiere mit der neuhochdeutschen Übersetzung: *Das glanzvolle Ansehen war da verloschen und tot. Alle Leute trauerten in Jammer und Elend.* Klara schreibt: *Trottel.* Ich denke, sie meint das liebevoll. Klara hat manchmal die Angewohnheit, in Textnachrichten auf Smileys oder Höflichkeitsfloskeln vollends zu verzichten. Auf andere Leute könnte das schroff wirken. Ich hingegen weiß, dass es ein Privileg ist, wenn es derlei Beiwerk nicht braucht. Ich erkläre: *Vorletzte Strophe des Nibelungenlieds. Wo bist du?* Klara fasst sich wieder kurz: *Vorstellungsgespräche.*

Als Programmiererin wird es Klara nicht schwerfallen, einen Job zu finden. Zu befürchten ist, dass ich auch als Vergangenheit etikettiert werde, wo ich doch die Zukunft bin! Ich schicke ihr Emojis, die sich – zumindest im Kontext dieses Nachrichtenverlaufs – einer klaren Deutung entziehen und im besten Fall diffus-absurde Lockerheit erzeugen: ein Einhorn, einen schnurbärtigen Mann mit Hut, Bäume. Sie bringen allerdings nicht zum Ausdruck, wie sehr ich mich sorge, die Beziehung zu Klara könnte so zerfallen wie das *PayNice*-Imperium.

Es geht das Gerücht, die Verhaftung von Martin stehe unmittelbar bevor. Die Reaktionen darauf sind höchst unterschiedlich. Manche setzen bereits alles daran, ihre Zukunft aktiv zu gestalten und *PayNice* hinter sich zu lassen. Sie kommen ins Büro, um zu erzählen, wie schockiert sie von den Enthüllungen wären, sie hätten ja von nichts gewusst, wären in all die dubiosen Geschäfte nicht eingebunden gewesen und könnten sich übrigens auch an dies und jenes ganz sicher nicht erinnern. Andere sind noch nicht so weit, sie sind nicht bereit dazu, sich von *PayNice* zu trennen. Wieder andere sind schon fort. So wie Klara haben sie sofort begonnen, sich nach einem neuen Job umzusehen. Kein Blick zurück, was gestern gewesen ist, ist heute nicht mehr interessant. Diese flexiblen, nicht unterzukriegenden Arbeitsbienen sind zu beneiden, sie werden sicherlich bald anderswo unterkommen. Wo Martin ist, weiß niemand. Selbst Ute scheint er nicht gesagt zu haben, wohin er sich verzogen hat. In der Kaffeeküche diskutiere ich mit einem Boy, ob es sich überhaupt lohne, am Freitag zum Jagdschloss nach Baden zu fahren.

»Der kommt nicht wieder«, behauptet er. Ich vermute, er ist einer von meinen IT-Freunden, mit denen ich für den Halbmarathon trainiert habe. Daraus wird nun wohl leider nichts, was auch sein Gutes hat, die Sportnahrung und die Trainingspläne wegzuwerfen, wird mir eine Freude sein. Dass ich es nicht mit Sicherheit sagen kann, ob dieser Mensch einer meiner IT-Freunde ist oder nicht, gibt mir zu denken. Schuld daran ist natürlich er, sein jugendliches, von einer auf den ersten Blick eher unscheinbaren Narbe geziertes Betriebswirtschaftsburschenschaftlergesicht erzeugt nur wenig Lust, sich seinen Namen zu merken, wobei: Ich glaube, er heißt Dirk.

Er ist offenbar hier, um Küchenutensilien zu stehlen. Während ich an meinem Espresso nippe, verpackt er ausgewähltes Geschirr in Zeitungspapier und stellt es in eine mitgebrachte Schachtel.

»Er hat uns alle zum Narren gehalten«, sagt der Mensch, der möglicherweise Dirk heißt und einer meiner IT-Freunde gewesen ist.

»Ich freue mich auf die Party im Jagdschloss«, erwidere ich trotzig.

»Mach dir lieber keine Hoffnung«, sagt er und schüttelt den Kopf. Während er die Küche plündert, fährt Dirk damit fort, schlecht über Martin zu reden.

»Möchtest du noch einen Kaffee, oder kann ich die Maschine schon einpacken?«

»Es sind doch noch genug Leute hier und arbeiten, es gibt noch viel zu tun.«

Er sieht mich fragend an.

»Wie meinst du das?«

»Noch ist nicht alles verloren«, behaupte ich.

»Doch«, sagt er, ohne zu zögern.

Anscheinend bemerkt er, dass es mir nicht so leichtfällt, all das zu verlieren: mein Büro, meine Stellung als Social-Media-Manager, den Pausenraumsex, die Gewissheit, in einem unbefristeten Arbeitsverhältnis angekommen zu sein.

»Wie geht es dir?«, fragt mich Dirk, während er das Besteck einpackt. Mich überkommt die Idee, diese Frage ohne jeden Grund ehrlich zu beantworten. Ein bisschen mitgenommen hat mich die aktuelle Situation schon, das merke ich daran, dass ich jeden Morgen neben meinem Bett Baldrian- und Wodkaflaschen entdecke, wobei ich mich an den vorhergehenden Abend nur schemenhaft erinnern kann. Tag für Tag ein kleiner Filmriss – im Grunde ist das die Art, wie ich mir mein Leben früher vorgestellt habe. Tief in mir habe ich seit jeher gewusst, dass es darauf hinauslaufen wird. Nur Klara gebietet meinem Verfall Einhalt, indem sie mich hin und wieder dazu auffordert, mich zusammenzureißen.

»Baldtriantropfen meinst du, oder?«

»Nein, über Tropfen bin ich hinaus«, erkläre ich.

Das einzig Wahre ist das 200-ml-Fläschchen *naturreiner Heilpflanzensaft.*

»Und, Dirk, wie geht es dir so? Wie lange hast du bei *Pay-Nice* gearbeitet? Was wirst du jetzt tun?«

»Ich heiße nicht Dirk.«

»Na und?«

Daraufhin wendet er sich von mir ab und reißt die Küchenschubladen schwungvoll auf, ehe er – in seltsamem Gegensatz – langsam und geradezu andächtig seine Hemdsärmel aufkrempelt. Vielleicht will er, dass ich angesichts seiner Rolex beeindruckt bin. Aber ich interessiere mich mehr für die Tätowierung auf seinem rechten Unterarm.

»Wer ist das?

»Der Wendler.«

Was ist das für ein Mensch, der sich den Wendler auf den Unterarm tätowieren lässt? Man will das ja eigentlich alles gar nicht wissen. Die Geheimnisse von *PayNice*, die nun bald alle an die Öffentlichkeit gespült werden, sind vor allem belastendes Material, das ich – so gut es eben geht – von mir fernhalten möchte. Ich beobachte Nicht-Dirk dabei, wie er die Schränke durchwühlt, aber nichts mehr findet, was er noch mitnehmen möchte. Wenn er schon stehle, dürfe er sich nicht mit Geschirr und Küchengeräten begnügen, das sei unwürdig, sage ich.

»Ich habe mich gut versorgt, aber ich hole mir alles, was ich mir holen kann. Das ist mein gutes Recht, da geht es ums Prinzip.«

»Den Wasserkocher lässt du hier!«, verlange ich. Aber er schüttelt nur den Kopf und packt ihn ein. Es gibt keinen Anstand mehr. Was hat dich bloß so ruiniert, Nicht-Dirk?

10

Wir haben uns im Partykeller unter dem Jagdschloss versammelt, Martin trägt ein Wildledersakko und grellgrüne Crocs, die für das Buffet zuständige Catering-Firma heißt *Foodporn*, neben der Bar stehen zwei Waffenschränke voller Gewehre, die Stimmung ist surreal. Wenn man die Zeitungsberichte über *PayNice* liest, denkt man: Das kann doch nicht sein, dass es dort wirklich so zugeht. Aber in Wahrheit ist alles noch viel kaputter. Niemand wagt, sich mit Martin über das Offensichtliche zu unterhalten. Es wird nicht darüber gesprochen, dass er wohl bald in U-Haft sitzen wird. Er erhebt sein Glas, um ein paar Worte zu sagen, und man kommt nicht umhin zu denken, jetzt wird er etwas Epochales verkünden, einen Plan, wie er *PayNice* doch noch retten könne. Aber er sagt nur, er freue sich sehr, uns alle zu sehen und Zeit mit uns zu verbringen, denn darum, sich einen schönen Abend zu machen, gehe es heute. Es gebe keinen Grund, sich Sorgen zu machen, das Buffet sei übrigens eröffnet, die California Rolls könne er sehr empfehlen.

Natürlich haben sich alle, die heute hierhergekommen sind, mehr von Martin erwartet. Die Boys fangen an, sich von ihm abzuwenden. Einer hat sogar demonstrativ laut aufgelacht, als Martin seine Grußworte gesprochen hat. Ute hat das sofort registriert. Sie beobachtet, wer dazu neigen könnte, Probleme zu machen. Es wird keine Kronzeugenregelung geben, für niemanden. Ute hat es uns so erklärt: Wenn du eine Million Euro Schulden hast, hast du ein Problem. Wenn du hundert Millionen Euro Schulden hast, hat deine Bank ein Problem. Wenn du ein paar Milliarden Euro Schulden hast, hat der Staat ein Problem. Dass zwei Milliarden Euro fehlen, kann schon einmal passieren. Wer hat denn noch nie etwas verloren? Eine Verkettung unglücklicher Umstände hat diese Schieflage verursacht. Im Grunde kann niemand etwas dafür, wir haben die Volatilität vielleicht ein bisschen unterschätzt, aber kann man uns das wirklich vorwerfen, die gesetzlichen Vorgaben sind jedenfalls eingehalten worden, stets ist eng mit den Finanzbehörden zusammengearbeitet und nichts verschleiert worden. Es ist die Pflicht des Staates, uns zu helfen. *So spielen wir das, ihr kleinen Ficker, und wehe, ihr schießt quer.*

Ute sollte nicht immer so drastische Worte wählen. Wir gehorchen ja, wir sind sowieso brav. Positiv finde ich, wie es Ute gelingt, diese komplizierten Finanzdinge so zu erklären, dass auch ich als einfacher Social-Media-Manager sie verstehen kann. Es klingt alles so nachvollziehbar und richtig, wenn sie beschreibt, wie so ein kleines Finanzierungsloch entstehen kann.

Martin sitzt neben Alessandro Russo, der mit leerem Blick und großen Schlucken sein Bier trinkt. Plötzlich fängt Martin an, Russos Haare zu verwuscheln, was dieser geschehen lässt, ohne in irgendeiner Weise darauf zu reagieren. Ich setze mich neben die beiden, auch Ute kommt auf uns zu. Anscheinend hat sie ebenfalls bemerkt, dass die Situation außer Kontrolle geraten könnte.

»Na du kleiner Mussolini«, lallt Martin und tätschelt

Russos Wange. So was sagt man eigentlich nicht zu Freunden. Ich versuche, Martin abzulenken, indem ich ihn frage, ob jedes seiner privaten Anwesen über so riesige Kellergewölbe verfüge, aber er fährt unbeirrt damit fort, auf Russo einzureden. Das sei die Gnade der späten Geburt, früher wären Leute wie Russo bei den Nürnberger Prozessen verurteilt worden, heute dürften sie wieder Regierungsämter übernehmen.

»Du wirst mit meinem Geld die nächste Wahl doch gewinnen, oder? Das hast du mir versprochen, oder? Mein Freund!«

»Wie viel Champagner hast du schon getrunken, Martin?«, mischt sich Ute ein.

Russo bleibt still. Dann zwingt er sich zu einem Lächeln und trinkt wieder einen Schluck Bier. Er mag Martins Geld, weshalb es nötig ist, so zu tun, als möge er Martin. Noch ist sich Russo unsicher, ob ihre Freundschaft noch einen Wert hat oder nicht. Dass Martin sein Privatvermögen in Sicherheit gebracht hat, steht außer Zweifel.

»Wir werden gewinnen«, sagt Russo. Seine Unterlippe zuckt, er hält sich an seinem Bierglas fest, führt es zum Mund, trinkt es hastig aus, starrt mit wutverzerrtem Gesicht geradeaus. Viel mehr darf sich Martin nicht mehr leisten, sonst verliert Russo die Contenance. Ute und ich wechseln besorgte Blicke.

»Für mich seid ihr alle Kobolde. Ich bin mit Politikern aller möglichen Parteien befreundet, weil ihr nützlich seid, weil es unangenehm werden könnte, wenn ihr euch nicht wertgeschätzt fühlt. Aber du, du bist ein besonders koboldhaftes Exemplar. Ich stelle mir manchmal vor, wie du nachts durch den Wald springst. Du bist ja fast so ehrgeizig wie ich! Und das sind die Leute, die ich am allerschlimmsten finde! Schau nur, du hast auch so geile Schuhe wie ich!«, stößt Martin hervor. Die Kontrolle über seine Gesichtszüge hat er verloren. Russo trägt burgunderfarbene Samtschuhe, die in Opposition zu Martins grünen Crocs stehen.

»Ich lasse mich heute und morgen extra bei mehreren Veranstaltungen vertreten, weil er unbedingt gewollt hat, dass ich herkomme«, sagt Russo, an Ute gewandt. Sie nickt verständnisvoll und redet im Flüsterton auf ihn ein, so dass ich sie nicht verstehen kann. Aber es gelingt ihr, Russo ein wenig zu besänftigen. Sie lässt ihm noch ein Bier bringen, das er gierig – und mit herrlich leerem Blick – trinkt. Nun beugt sich Martin zu mir, er legt einen Arm um meine Schulter, sein Gesicht ist viel zu nah an meinem. Dann fragt er – die Augen weit aufgerissen, Schweiß auf der Stirn – in ernstem Ton: »Wie gefällt dir der Keller?«

»Gut.«

»Keller sind mein guilty pleasure.«

»Ah ja.«

»Es gibt auch einen Medienraum. Da drüben irgendwo. Die Jagdgewehre sind nur Deko, ich könnte nie auf ein Tier schießen. Überhaupt Wiesen und Wälder – nicht meine Welt.«

Dann steht er auf und wankt davon, verliert einen Schuh. Den Rest des Abends stapft er sturzbesoffen und mit nur einem von zwei Crocs zwischen den Grüppchen seiner ehemaligen Weggefährten und Untergebenen umher. Hin und wieder beschimpft er jemanden, ab und zu singt er bei einem Lied mit oder macht Tanzbewegungen. Ich denke, er hat eine gute Zeit, und das ist schön zu sehen.

Zwei Tage nachdem wir uns im Keller des Jagdschlosses versammelt haben, werden die Haftbefehle vollstreckt. Karl-Hans, Alen und vier weitere Boys werden verhaftet. Martin erwischen sie nicht mehr, ihm ist es gelungen, sich ins Ausland abzusetzen. Drei weitere Verdächtige sind flüchtig. Für Ute liegt kein Haftbefehl vor. Sie hat zwar alles bestimmt, aber penibel darauf geachtet, dass man das nicht nachvollziehen kann. Alen und Karl-Hans hätten fliehen sollen, finde ich. Ute meint, das sei nicht nötig. Die hätten gute Chancen, bald wären sie wieder raus, eine Flucht mache einen sehr schlechten Eindruck. Martin hat sich auf die Insel Hainan im Südchinesischen Meer zurückgezogen. Dort hat er seit Langem ein Haus, die Volksrepublik China ist immer ein wichtiger Partner von *PayNice* gewesen. Mit hoher Wahrscheinlichkeit werde ich ihn nie wiedersehen. Ute hat gemeint, wenn ich ihm etwas mitteilen will oder etwas brauche, soll ich zu ihr kommen. Der Insolvenzantrag ist inzwischen gestellt worden, *PayNice* ist Geschichte.

»Wir halten trotzdem zusammen«, hat Ute mir eingeschärft.

Dabei habe ich unwillkürlich an *Breaking Bad* denken müssen, an die fünfte Staffel, als Walter White innerhalb von zwei Minuten zehn Männer, die sich in verschiedenen Gefängnissen befinden, umbringen lässt, weil sie zu viel wissen und zu viel erzählen könnten. Ute ist es absolut zuzutrauen, harte Maßnahmen zu ergreifen. Aber ich werde ihr keine Sorgen bereiten. Auf mich ist Verlass! Denn ich habe jetzt ja alles verstanden. Ute ist so nett gewesen, mir zu erklären, wie wir völlig unverschuldet in diese missliche Lage geraten sind. Es ist nämlich so: Die Bilanzen sind nicht gefälscht worden. Das Geld hat existiert und ist hinter Martins Rücken beiseitegeschafft worden. Er kann überhaupt nichts dafür, er ist unschuldig. Dass er nun mit internationalem Haftbefehl wegen schweren Betrugs gesucht wird, ist das Resultat einer beispiellosen Schmutzkübelkampagne. Gut zu wissen. Aber nicht mehr so wichtig.

Klara und ich werden darüber nicht sprechen. Wir haben vor, uns die Stimmung nicht von der Vergangenheit verderben zu lassen. Weil wir hyperflexibel sind, wird uns das aller Voraussicht nach gelingen. Im Rückblick fühlt sich die Zeit bei *PayNice* wie ein Banküberfall an, dank der Beute können wir uns nun eine Phase der Umorientierung erlauben, denn Geld ist Zeit. Wir müssen jetzt nicht gleich wieder arbeiten, finde ich. Klara hat mir gesagt, es sei schwierig für sie, das Interesse an mir noch nicht verloren zu haben. Sie habe eigentlich keine Lust, eine klassische Paarbeziehung zu führen, aber sie wolle dieser Sache doch eine Chance geben. Ich hingegen bin an sie verloren, das weiß sie. Sogar meine Profile vernachlässige ich, weil das Nachdenken über meinen Content mir so sinnlos erscheint. Viel lieber denke ich an Klara. Alles in allem ist es doch furchtbar nervig, sich ständig in Szene setzen zu müssen.

An einem Montagmorgen kille ich meine Egos, lösche die Inhalte, deaktiviere meine Accounts. Es ist keine heroische Tat, manche meiner Follower werden es schade finden, aber es ist nur konsequent, wenn ich mit allem aufhöre, was mich davon abhalten könnte, mich Klara völlig zu unterwerfen. Das ist nicht gesund, das weiß sie, das weiß ich. Aber ich kann nicht anders.

Nach einigen Monaten entscheidet Klara sich, mich zu sich zu holen, so wie man einen Hund aus dem Tierheim bei sich aufnimmt. Streng genommen zieht Klara bei mir ein, weil der Mietvertrag ihrer Wohnung ausgelaufen ist, aber meine Wohnung wird durch Klaras Umzug augenblicklich zu ihrer Wohnung, die vielleicht irgendwann zu unserer Wohnung werden könnte, wenn ich keine Dummheiten mache. Den Vermieter setze ich nicht darüber in Kenntnis, dass Klara die Herrschaft übernommen hat, er wird es schon früh genug merken.

In jenen Tagen, in denen sich die Umzugskisten im Wohnzimmer stapeln, fasse ich den Entschluss, einen Text über Machtverhältnisse in Liebesbeziehungen zu schreiben. So was wie die *Liebhaberinnen* von Jelinek, aber vielleicht nicht so lang. Ein Theatertext könnte funktionieren. Ja, dann könnte ich in Gesprächen behaupten, ich sei Theaterautor, was viel besser klingt, als zu sagen, ich sei arbeitssuchend, was sogar noch schlimmer klingt als arbeitslos. Und *arbeitssuchend* ist ja auch noch gelogen. Universalgelehrter wäre ein schöner Beruf, aber das zu werden erlauben mir weder Klara noch das Arbeitsmarktservice. Klara drängt darauf, dass ich mir eine Beschäftigung suche, damit ich nicht immer so anhänglich bin. Tagsüber ist mir manchmal langweilig. Sie arbeitet längst wieder als Programmiererin, an drei von fünf Tagen muss sie ins Büro. Ja, da bleibt mir genug Zeit, ein Theaterstück zu schreiben. Beschwingt von der Aussicht, ein Künstler zu werden, der tatsächlich künstlerisch tätig ist und sich nicht nur als solcher begreift, gehe ich in die Küche. Zum Glück habe ich gestern Abend daran gedacht, dreißig Stück *Eiszapfen-Bonbons* in eine Flasche Wodka zu geben und sie in den Kühlschrank zu stellen. Nun habe ich die Möglichkeit, diesem Mittwochabend einen besonderen Glanz zu verleihen, indem ich die Früchte meiner Arbeit ernte. Picksüßer purer Wodka, der geschmacklich an ein Fläschchen *Dreh & Trink* erinnert. Ein furioses Trinkerlebnis.

Im Vollrausch begebe ich mich dann, nachdem ich einer spontanen Eingebung folgend den Geschirrspüler ausgeräumt habe, auf die Suche nach dem Erzählband *Die Liebe unter Aliens*, in dem ein Text über eine Figur enthalten ist, die nichts mehr liebt, als sich zu betrinken. Das ist eine herzerwärmende Erzählung, ich habe mich bei der Lektüre so verstanden gefühlt. Leider kann ich das Buch nicht finden.

Als Klara nach Hause kommt, muss ich die Suche ergebnislos abbrechen. Während sie noch in der Garderobe die Jacke auszieht, verstecke ich die Wodkaflasche. Hat sie sich heute Abend nicht mit ihren Freundinnen treffen wollen? Wieso ist sie hier? Es wird ihr nicht gefallen, wie betrunken ich bin. Ich bemühe mich, das Ausmaß meines Rausches zu verbergen. Sie darf ruhig glauben, dass ich das ein oder andere Gläschen Wein getrunken habe.

»Wir müssen reden«, sagt sie.

»Ich will ein Theaterstück schr... schr...«

Das letzte Wort gelingt mir nicht mehr. Fast hätte ich den Satz fehlerfrei ausgesprochen. Klara ignoriert, wie ich am Sprechen scheitere; sie wirkt sehr aufgewühlt. Ist irgendwas Schlimmes passiert?

»Verfassen. Theaterstück verfassen!«

Ich bin schon ein bisschen stolz. Immerhin ist mir gelungen, das Problem, das Wort *schreiben* nicht aussprechen zu können, elegant zu umschiffen. Sprachkrise überwunden. Klara wirkt leider nicht beeindruckt, sie sieht mich ernst an, also bemühe ich mich, dem Blick sehr ernsthaft standzuhalten.

»Helene hat mir erzählt, dass du die Brände gelegt hast.«

Was? Welche Brände? Wer ist Helene? Aber first things first: Mund zu, nicht sabbern, Pokerface.

»Hast du auch Durst?«, frage ich.

Die Geschwindigkeit, mit der Klara die Arme verschränkt, macht deutlich: So kommst du mir nicht davon. Was soll ich sagen? Es stimmt nicht. Für die Brände bin ich nicht zuständig gewesen, das muss sie mir glauben. Also sage ich: »Die Brände sind nicht in mein Aufgabengebiet gefallen, das musst du mir glauben!«

Woher kennen sich Klara und Helene überhaupt? Zum wiederholten Male habe ich den Eindruck, Klara weiß zu viel über mich. Sie scheint alle Personen, mit denen ich in den letzten Jahren zu tun gehabt habe, überprüft oder sogar kontaktiert zu haben, und allen Spuren, die ich online hinterlassen habe, gefolgt zu sein, was ich zu sechzig Prozent unheimlich finde und nur zu vierzig Prozent romantisch, weil es – so fair muss man sein – ihr *Commitment* zeigt. Wäre ich ihr egal, würde sie mich nicht so oft googeln.

»Felix vom Marketing ist für alle Arten von Versicherungsbetrug in der Siedlung zuständig gewesen. Das hat er allein abgewickelt. Er hat die Musterhäuser angezündet. Ein einziges Mal, als er kurzfristig ausgefallen ist, weil er Magendarm hatte, habe ich mich darum gekümmert.«

»Wer hat davon gewusst?«, fragt Klara.

»Alle. Oder zumindest sehr viele. Du musst das verstehen. So eine Versicherung, die hat so viel Geld. Wir haben da nur ein bisschen ... umverteilt. Wie Robin Hood. Es war gerade die Zeit der Immobilienkrise. Musterhaussiedlungen in ganz Europa standen vor dem Abgrund. Man muss schauen, dass man überlebt. Du weißt doch.«

»Musterhäuser sind versichert?«

»Selbstverständlich kann man alles versichern lassen«, sage ich. Langsam reicht es mir, meine Musterhauszeit ist lange vorbei, wieso lässt sie mich damit nicht in Ruhe?

»Vielleicht musst du weg«, sagt Klara.

Dabei klingt sie wie der Steuerberater, bei dem ich vorübergehend im Kinderzimmer gelebt habe. Hoffentlich geht es ihm gut, er ist immer so nett zu mir gewesen.

»Du wirst meinen Ansprüchen überhaupt nicht gerecht. Du hast keinen Job, bist völlig ambitionslos, betrinkst dich andauernd.«

Jetzt kommt sicher gleich ein Aber.

»Wieso wirst du mir nicht egal, so wie alle vor dir?«, ergänzt sie.

Sag du es mir, denke ich. Dröhnende Kopfschmerzen überfallen mich. Das kommt davon, wenn man aufhört zu trinken. Der Abend hat eine unerfreuliche Wendung genommen. Jetzt kommt es mir plötzlich total traurig vor, an einem gewöhnlichen Mittwochabend komplett dicht zu sein, während es zuvor noch herrlich gewesen ist. Ich entscheide mich dazu, die Zimmerpflanzen zu gießen. Das haben wir zu lange verabsäumt, wir sind nicht gut zu unseren Glücksfedern. Klara beobachtet mich fassungslos. Sie sagt, prinzipiell habe sie eingesehen, die Situation aktuell annehmen zu müssen. Sie müsse unsere Beziehung zulassen, das sei alternativlos, denn aus irgendwelchen schwer nachvollziehbaren Gründen habe sie angefangen, mich zu lieben, ich solle mir darauf jedoch nichts einbilden. Sie habe sich immer einen Mann gewünscht, den zu beherrschen ihr nicht nur kurz Spaß mache, sondern dauerhaft Freude bereite. Einen solchen habe sie in mir gefunden, und deswegen sei sie nun recht froh. Schon als Kind habe sie eine Puppe besessen, die mir frappierend ähnlich sah. Es füge sich alles, ein Kreis schließe sich. Welcher Kreis? Also, die Begründung für ihre Zuneigung zu mir erscheint mir nicht unproblematisch, aber im Ergebnis ist das doch großartig.

»Halleluja«, sage ich. Das ist anscheinend nicht die Antwort, die Klara erwartet hat. Aber was soll's. Inzwischen bin ich mir nicht mehr ganz sicher, ob ich nicht eingeschlafen bin und der Alkohol mich gerade durch unruhige Träume jagt.

»Kannst du noch bumsen oder nur noch lecken?«, erkundigt sich Klara.

Das Verb *bumsen* verwendet Klara meiner Erfahrung nach ausschließlich, wenn sie ziemlich betrunken ist. Vielleicht ist sie auch in beträchtlichem Maße alkoholisiert, was mir wegen meines Zustands nicht auffällt. Minus mal minus ergibt plus, alles erscheint mir für einen Augenblick sehr sinnvoll, wir stehen uns gegenüber wie zwei gelöste Zauberwürfel, dann bricht wieder eine Welle an Kopfschmerzen über mich herein. Ich sehe verschwommen, mir ist schwindlig.

»Ich weiß nicht«, antworte ich. Klara fängt wieder mit dem Feuer-Thema an, was absolut stimmungstötend ist. Ich soll ihr versprechen, nie wieder etwas in Brand zu setzen. Diesem Wunsch komme ich nach, in der Hoffnung, sie werde sich damit endlich zufriedengeben.

»Meine feurige Phase ist endgültig vorbei, mit Feuer will ich nie wieder was zu tun haben, ich brenne wirklich für gar nichts mehr, versprochen!«

Feuerwehrmänner seien sexuell ja viel anziehender als Pyromanen, sagt Klara, wobei mir nicht klar ist, wie sie das meint. Falls es ein Versuch sein sollte, zu körperlicher Nähe überzuleiten, so muss dieser als fehlgeschlagen gelten. Immerhin unterhalten wir uns dann darüber, dass ich als Jugendlicher bei der freiwilligen Feuerwehr gewesen bin. Das Gespräch mäandert vor sich hin, und wir sind schon zu müde und schwach, um uns aus dem Gerede zu befreien. Schließlich schläft Klara auf der Couch ein. Ich decke sie zu und überlege, ob es mir gelingen könnte, sie ins Bett zu tragen. Sicher bin ich mir nicht. Nein, wir könnten umfallen und uns verletzen. Das Risiko ist zu hoch. Und wozu auch? Immerhin ist die Couch sehr bequem. Auf dem Weg ins Schlafzimmer erweist sich das Gehen als unerwartet kompliziert, auf allen vieren krieche ich die letzten Meter in Richtung Bett. Als ich darin liege, kann ich nicht vermeiden, schon wieder Stolz zu empfinden – allerdings schäme ich mich dafür.

Mitten in der Nacht schrecke ich auf und fühle mich wie ein Ex-Vizekanzler, der desorientiert im VIP-Bereich eines Nachtclubs aufwacht und einen Security attackiert, ehe er erkennt, wo er sich befindet, und seine Optionen durchgeht, wobei er zu dem Schluss kommt, dass die beste eindeutig das Taxi nach Hause ist. Und da ich ja schon zu Hause bin, möchte ich am liebsten gleich wieder einschlafen. Weil mir das aber nicht gelingt, entschließe ich mich, zu Klara zu wanken und mich neben sie zu legen, woraufhin sie mich instinktiv tritt und wenig später schlaftrunken murmelt, sie habe überhaupt keinen Platz.

»Jaja, alles ist gut«, flüstere ich, woraufhin sie noch mal nach mir tritt.

Gegen Ende der *PayNice*-Zeit habe ich eine Ablebensversicherung abgeschlossen und Klara als Begünstigte eingesetzt. Wenn ich sterbe, wird sich mein Tod für sie gelohnt haben. Der Gedanke daran beruhigt mich und hilft mir einzuschlafen. Was auch geschieht, wir sind vorbereitet.

Als ich am nächsten Morgen aufwache, ist Klara bereits im Büro. Während ich mein Müsli esse, meine ich mich zu erinnern, gestern Abend etwas erzählt zu haben, was ich hatte für mich behalten wollen. Dann setze ich mich an den Schreibtisch, öffne eine Textdatei und schreibe SZENE EINS.

In den folgenden Wochen und Monaten trinke ich keinen Alkohol und entwerfe mich selbst wieder einmal neu. Nachdem ich ein Kleinhäusler, ein Autor, der nicht schreibt, ein Social-Media-Manager und *PayNice*-Boy, der doch nie ganz dazugehört hat, gewesen bin, reüssiere ich nun als Theaterautor, der hin und wieder tatsächlich an Texten arbeitet.

Die meiste Zeit verbringe ich damit, Projektanträge zu schreiben, in denen ich zwischen den Zeilen den Eindruck zu vermitteln versuche, seit Jahren in der freien Szene tätig gewesen zu sein. Außerdem besuche ich Premierenfeiern, wo es für alle furchtbar unangenehm und demütigend sein muss, wenn sie mich nicht erkennen. Ich trete auf wie jemand, der jedes Recht hat, hier zu sein. Und weil selbstbewusstes Auftreten oft schon mehr als genug ist, werde ich nie verscheucht. Die Theaterleute sehen mich mit einer Mischung aus Neugier und Ablehnung an: Da ist wieder dieser unheimliche Typ. So wird man auf mich aufmerksam.

Mein Optimismus, eine fulminante Theaterkarriere hinzulegen, wird etwas getrübt, als ich an den Schillertagen des Nationaltheaters Mannheim teilnehme, wo sich im Workshop zu zeitgenössischem dramatischem Schreiben alle einig sind, dass mit Theatertexten natürlich kein Geld zu verdienen sei, was ich sehr schade finde. Eine Autorin, die bei den wichtigen Festivals und Stückemärkten in Berlin, Heidelberg, Mühlheim alles gewonnen hat, was es zu gewinnen gibt, erzählt, in Deutschland könnten vielleicht zehn Leute vom Schreiben fürs Theater leben. Auf lange Sicht, also über viele Jahre hinweg, sei es fast unmöglich, sich als freie Autorin im Betrieb zu halten, darin zu überdauern, weil man nicht zweimal durch die Manege getrieben werde, man sei bestenfalls einmal im Leben der hot shit, danach werde man Werbetexterin. Was ja auch ganz schön sei! Ihr gefalle es sehr gut.

Der Leiter eines großen Bühnenverlags nickt bedeutungsvoll, anstatt ihr zu widersprechen. Ohne Nobelpreis im Rücken sei es schwierig, da lande man in der Box, die Box hat 99 Sitzplätze, so ist das in aller Regel, darauf müsst ihr euch einstellen, fügt er hinzu. Das gefällt mir gar nicht. Allein der Name. Box. Mein Werk – das noch zu erschaffen ist, aber wie schwierig kann das schon sein – sprengt doch den Rahmen jeder Box.

Leider will das niemand erkennen. Bei einem Workshop der Nibelungenfestspiele Worms werde ich von einem designierten Burgtheaterintendanten darauf aufmerksam gemacht, die jungen Theaterschaffenden beschäftigten sich heutzutage vorrangig mit Fragen, die er vor dreißig Jahren schon thematisiert und gelöst habe.

Thematisiert – okay. Aber gelöst? Das erscheint mir etwas hoch gegriffen, weshalb ich mit den Achseln zucke, worüber er sich natürlich aufregt. Wir hätten ja nichts gelesen, nichts gesehen, überhaupt keine Ahnung, wären ungebildet, da, er schenke uns Karten für seine letzte Inszenierung im Resi. Das Resi ist ein Theater in München, das heißt wie meine Uroma. In dem Moment steht er auf und bewirft uns mit Theaterkarten, also er wirft sie uns entgegen.

Es mag ja sein, dass er recht hat, was mich angeht. Aber die Dramatikerin neben mir hat drei Studien abgeschlossen, promoviert, lange an der Uni gearbeitet, die ist auf jeden Fall gebildeter und meiner Einschätzung nach deutlich schlauer als er, das müsste ihm auffallen. Stilechter wäre es gewesen, wenn er uns mit Geld beworfen hätte, finde ich.

Jedenfalls erscheint mir das Leben als Theaterautor zusehends trist. Ich muss mein Portfolio erweitern, ich *mache* jetzt auch Kurzgeschichten, mit einer davon werde ich zu einem Literaturfestival eingeladen. Der Text trägt den Titel *Rinderknechtschaft* und handelt von mir, also davon, wie ich im Wald spazieren gehe. Alles daran ist vollkommen wahr und gar nicht verrückt. Der Leiter des Literaturhauses, wo die Lesung stattfindet, nennt mich in seinen einleitenden Worten einen *Meister des Absurden* und behauptet, in der Geschichte werde man von einem *durch Wahrnehmungsstörungen gepeinigten Individuum auf einen surrealen Trip* mitgenommen. Ein *geschundenes, entfremdetes Subjekt* irre durch geisterhafte Wälder.

Dabei ist es sehr schön gewesen im Wald. Ach, ich weiß auch nicht, ich fühle mich gedisst. Vielleicht bin ich nicht gemacht für diesen Betrieb. Nach der Lesung sagt er mir, die *jungen Stimmen* in der Gegenwartsliteratur erzählten sonst ja immer nur über ihre Großmütter. »Aber die Leute wollen das«, meint er seufzend und sieht mich an, als wäre ich ein besonders kurioses Exemplar meiner Gattung. Er hält mich für eine Art Zirkusaffe, der seltsame Kunststücke vollführt. Ihn freue es immer, wenn jemand ausbreche und von der Norm abweiche.

»Aha«, sage ich, und obwohl ich seine Behauptung für nicht verifizierbar halte, nehme ich mir fest vor, bald einen Text über meine Oma zu schreiben. Was man so hört, wollen die Leute so was.

Mit der Kurzgeschichte *Omama* gewinne ich den Forum-NOE-Literaturpreis, der nichts mit dem japanischen Nō-Theater zu tun hat, sondern mit Niederösterreich. Während die Landeshauptfrau eine Rede anlässlich der Preisverleihung hält, lässt sie den Blick routiniert durch die Reihen der herbeigeschafften Claqueure schweifen. Die Veranstaltung findet im Plenarsaal des Landtags statt. Wer mit dem Bundesland Niederösterreich wenige Berührungspunkte hat und nicht weiß, dass Kultur prinzipiell Chefinnensache ist, könnte es seltsam finden, wenn literarische Veranstaltungen in einem Sitzungssaal abgehalten werden. Die allermeisten Gäste sind nicht hier, weil sie sich für Literatur interessieren, sondern weil sie grundsätzlich erscheinen, wenn sie von ihrer Partei eingeladen werden. Da beginnt in der fünften Reihe ein Handy zu läuten, ein älterer Herr steht auf, hebt ab und beendet das Telefonat nach einer halben Minute wieder. Dann sagt er zu der Dame, die neben ihm sitzt: »Da Ferdl hot an Hiasch gschossn.« Ferdinand hat einen Hirsch erschossen. Sind das gute Neuigkeiten? Für Ferdl bestimmt. Nachdem der Hirsch also tot und Ferdl zufrieden ist, lese ich meine Kurzgeschichte vor. Danach folgt eine Fragerunde. Eine Dame meldet sich zu Wort. Sie möchte wissen, ob ich auch *Tatort*-Drehbücher schreibe, was ich verneine. Daraufhin steht sie auf und geht.

Dann habe ich auch noch den Fehler begangen, mich für ein Aufenthaltsstipendium zu bewerben, und nun befinde ich mich in der *Residenz für Menschenrechte und Kunst* in Liberec, es besteht Anwesenheitspflicht. Mir ist nicht bewusst gewesen, wie wenig geeignet ich dafür bin, mich auf dieses Konzept einzulassen. Frei von sozialen Kontakten und anderen Ablenkungen schöpferisch tätig zu sein funktioniert nur, wenn man diesen vormodernen Lifestyle aushält. Bei einer Lesung in der Wissenschaftlichen Bibliothek Liberec, die eine von vier Partnerbibliotheken des Goethe-Instituts in der Tschechischen Republik ist, wie der Moderator mir mehrmals erzählt, weil er offenkundig nicht weiß, was er mir sonst sagen soll, berichte ich von meiner sozialen Isolation, von damit einhergehenden Unruhegefühlen, Schlaflosigkeit und einer anhaltenden depressiven Verstimmung. Der Moderator tut so, als sei das eine Performance, aber es ist keine. Das interessiert jedoch niemanden. Ich rufe Klara an, um ihr zu berichten, wie trist mein Autorendasein ist. Auch sie zeigt wenig Verständnis für mein Klagen. Gestern erst habe ich ihr vom desolaten Zustand der Wohnung, vom Schimmel an den Wänden, von der nicht funktionierenden Heizung erzählt, woraufhin sie mit einem Online-Meme-Generator *Der arme Poet* von Carl Spitzweg bearbeitet und mir das Ergebnis geschickt hat. Ich finde das gar nicht lustig. Manchmal kommt es mir vor, unsere Beziehung ist *zurzeit ein bisschen toxisch*. Das Leben als Künstler ist so traurig oder kann so traurig sein. Möglicherweise mache ich irgendwas falsch. Wenn ich mein Verhalten ändere, wird es vielleicht großartig. Helene hebt nicht ab. Also versuche ich, Ute zu erreichen.

»Was willst du?«, fragt sie.

Auf eine Begrüßung verzichtet Ute.

»Nur reden.«

»Bist du bei der Polizei? Hören die das Gespräch ab? Mach Klara und dich nicht unglücklich, ich kann dir das nur raten.«

»Ich will mich nur mit dir unterhalten!«

»Was ist passiert? Brauchst du Geld?«

»Ute, es ist alles okay. Können wir nicht miteinander reden?«

»Wozu?«

Sie hat schon recht. Zwischen uns ist alles gesagt, es wäre klug, weiteren Kontakt zu vermeiden. Einzelne Mitglieder der zerbrochenen *PayNice*-Familie werden immer noch hin und wieder von der Staatsanwaltschaft vorgeladen. Bei den Einvernahmen erzählt man, von nichts zu wissen, in nichts eingebunden gewesen zu sein, sich nicht erinnern zu können, zu niemandem mehr Kontakt zu haben. Das erscheint noch unglaubwürdiger, wenn man Verbindungen zueinander unterhält, von denen die Staatsanwaltschaft wissen könnte.

»Geht es dir gut?«, erkundige ich mich. Mein Interesse an ihrem Wohlergehen ist ehrlich und frei von Hintergedanken. Aber durch diese scheinbar harmlose Frage ist ihr Misstrauen endgültig geweckt.

»Sitzt gerade dein Anwalt neben dir? Was wollt ihr denn hören, was hättet ihr denn gerne, ihr Lutscher?«

Ute wirkt ein bisschen paranoid, aber wer will es ihr verübeln angesichts der *Hexenjagd* auf die Entscheidungsträger von *PayNice*. Plötzlich entscheidet sie sich, Normalität zu simulieren und so zu tun, als könnten wir ein unbefangenes Gespräch führen.

»Ach, bei mir ist alles in Ordnung«, sagt sie. Ihre Stimme

klingt künstlich, als wäre sie von einer Maschine generiert worden. Dann reden wir übers Wetter, ehe sie mir erzählt, was sie gestern gegessen hat und was sie heute noch zu essen gedenkt. Die Unterhaltung kommt mir höchst verdächtig vor. Es ist offensichtlich, dass wir irgendwelche Codewörter und verschlüsselten Botschaften austauschen. Dabei stimmt das ja nicht, das habe ich nur schon fast vergessen. Wir werden – aller Wahrscheinlichkeit nach – nicht abgehört.

Ich möchte Ute zu keiner Äußerung verleiten, die ihr zum Verhängnis werden könnte. Deshalb ist es auch nicht möglich, sie nach ihrer Meinung über einen Artikel, den ich gestern gelesen habe, zu fragen. Darin ging es um die *Nachnutzung* der *PayNice*-Bunkeranlage. Der Bunker ist inzwischen zum Versammlungsort von Rechtsradikalen aus der Region geworden, womit ungefähr das geschehen ist, was zu erwarten gewesen ist. In den letzten Monaten ist viel über die Besitztümer von Martin berichtet worden, über seine Sportwagensammlung, den Helikopter, die Schlösser, wobei die Bunkeranlage das größte Interesse auf sich gezogen hat.

Ute kümmert sich weiterhin um die Schadensbegrenzung, was einem Vollzeitjob gleichkommt. Sie hat Strohmänner eingesetzt, die Teile des Vermögens aufbewahren, bis Martins Unschuld bewiesen ist und er glanzvoll heimkehren kann. Ute denkt, Martin werde eines Tages zurückkommen und in Wien, München, am Starnberger See oder in Südfrankreich leben. Das glaubt sie wirklich, da kann man ihr leider nicht helfen, ihr Ehrgeiz hat eine realitätsabweisende Wirkung. Der Aufenthaltsort von Martin gilt als unklar, in den Medienberichten ist die Rede davon, die internationale Fahndung laufe auf Hochtouren. Ich bin mir sicher, Ute weiß genau, wo auf Hainan er sich aufhält, in welchem Haus, mit welchen Leuten er sich umgibt, mit wem er Kontakt hat. Und nicht nur sie. Es gibt mehr als ein Dutzend Leute, die noch hier sind und die Martin verraten könnten. Aber keiner wird es tun, weil Ute sie utisieren würde. Ihre Loyalität ist schon bewundernswert, Nibelungentreue ist nichts dagegen. Über all das kann ich mit ihr nicht sprechen. Sie vertraut mir nicht mehr.

»Was hältst du von der Situation in Italien?«, fragt Ute.

Ich weiß nicht, worauf sie hinaus möchte.

»Ich mag Italien«, sage ich.

»Mhm«, murmelt Ute wissend.

Sie tut jetzt so, als hätte ich irgendwas Gewichtiges gesagt.

»Warst du schon einmal in Liberec?«

»Nein.«

»Ich bin hier Writer-in-Residence.«

»Und?«

»Gut, oder?«

»Das ist mir vollkommen egal«, sagt Ute.

Es gibt ja diesen Satz: Der Welt sei man egal, aber für irgendwen sei man die Welt. So ungefähr. Da kommt mir ein ungeheuerlicher Verdacht: Das stimmt vielleicht gar nicht. Während ich hier im Licht einer Straßenlaterne vor einer geschlossenen H&M-Filiale stehe, scheint mir, dass ich in den Augen meiner Mitmenschen tendenziell an Bedeutung verliere. Vielleicht sollte ich meine Social-Media-Accounts wieder aktivieren, um mich vom Alleinsein abzulenken. Ich verabschiede mich von Ute und spaziere noch eine Weile durch die Stadt. Liberec ist sehr schön bei Nacht.

Ach ja, Russos Wahlerfolg, den hat Ute gemeint. Das fällt mir ein, als ich schon im Bett liege. Wenn man Einschlafschwierigkeiten hat, kommt einem so einiges in den Sinn. Russo hat bei den Parlamentswahlen in Italien unerwartet einen großen Erfolg eingefahren, und nun könnte er Vizepremier von Italien werden, die Koalitionsverhandlungen laufen, ich verfolge das nur am Rande, das Abschneiden von Russos Postfaschisten hat mich nicht überrascht. Seine enge Verbindung zu Martin Krämer hat er in Interviews stets vehement abgestritten, man hätte sich flüchtig gekannt, weiter nichts. Dieses Leugnen seines ehemaligen Förderers findet Ute sicher in höchstem Maße verwerflich. Ich schreibe Ute: *Russo = Huso.* Sie antwortet binnen Sekunden: *PayNice-Family forever* ♥.

Während ich versuche einzuschlafen, drängt sich mir die Frage auf, ob unsere Chatnachrichten jemals zum Problem werden könnten. Ich stelle mir vor, wie die Menschen in fünfhundert Jahren sie analysieren, vorsichtig und akribisch, so wie sie sich auch einer mittelalterlichen Handschrift widmen würden, und verblüfft feststellen: Was ist das nur für eine dunkle Epoche gewesen. Welch ignorante, dekadente Exemplare der Gattung Mensch sind in den zwanziger Jahren des 21. Jahrhunderts auf der Erde gewandelt. Vielleicht werden sie aber auch verständnisvoll und sanftmütig auf uns zurückblicken. Wird Russo als großer Reformer oder als Wannabe-Duce in die Geschichte eingehen? Welche Spuren wird er hinterlassen, oder wird man ihn vollständig vergessen?

Bei dem Gedanken daran, dass von Russo nichts, rein gar nichts bleibt, schlafe ich fast ein. Dann spiele ich eine halbe Stunde *Candy Crush*, ehe ich auf die Idee komme, selbst *Den armen Poeten* zu bearbeiten. Dabei bemerke ich, in welch ungleich schlechterer Lage ich bin: Bei Spitzweg könnte der Poet heizen, indem er seine Werke ins Feuer wirft. Ich habe diese Möglichkeit nicht, ich habe nur ein Notebook. In meiner Version spielt der Dichter selbstverständlich *Candy Crush*, wobei man das nicht richtig erkennen kann, was aber wichtig ist, weshalb ich die Süßigkeiten größer darstelle, wodurch das Bild unwirklich wirkt.

Das Resultat schicke ich Klara, die nicht reagiert. Dabei ist sie mit hoher Wahrscheinlichkeit noch wach und sieht sich *Chicago Fire* an, sie hat alle Staffeln schon unzählige Male gesehen. Sie behauptet, dabei könne sie irre gut abschalten.

Während ich auf das Vibrieren des iPhones warte, schlafe ich ein und träume davon, wie ich bei den Feuerwehrjugendwettkämpfen im Schlafsaal gelegen bin und sich im Bett neben mir ein Oberlöschmeister und ein Probefeuerwehrmann vergnügt haben, während ich lernwillig und neugierig gewesen bin und doch nur an die Decke gestarrt habe, wobei ich mir im Traum nicht ganz sicher bin, ob das gerade passiert oder vor langer Zeit tatsächlich passiert ist, ob ich mich an etwas erinnere, das so geschehen ist, oder ob der Oberlöschmeister seinem jungen Kameraden in Wahrheit nur ausführlich und unter vollstem Körpereinsatz erklärt hat, wie man einen Schlauch am schnellsten an einen Hydranten anschließt, während ich viel zu viel hineininterpretiert habe, weil die Phantasie immer schon mit mir durchgegangen ist. Es ist alles sehr kompliziert.

11

Klara behandelt mich in letzter Zeit übertrieben fürsorglich. Ständig erkundigt sie sich, ob ich mir etwas wünsche, ob ich zufrieden bin, wie sie mir eine Freude machen könne. Sie hat eine Therapie begonnen. Klara ist der Ansicht, sie sei zu *destruktiv* gewesen, jetzt hat sie immer gute Laune, weil sie sich dazu entschlossen hat. Ihre Therapeutin hat ihr nicht dazu geraten, da bin ich sicher, aber Klara ist stur, wenn sie einmal einen Entschluss gefasst hat. Sie lächelt unentwegt. Einerseits habe ich Angst, dass sie ihre Wut unterdrückt und ein Magengeschwür bekommt, andererseits genieße ich die harmonische Atmosphäre.

Unbehaglich finde ich ihren neuerdings sehr analytischen, prüfenden Blick, sie deutet mein Verhalten, zieht Rückschlüsse auf meine Persönlichkeit, auf unsere Beziehung. Immer wieder will sie über meine *Ich-Zustände* sprechen, aber ich lege keinen Wert darauf, in ihre Ego-State-Therapie einbezogen zu werden. Ich bin gut, so wie ich bin. Das habe schon Mira Lobe geschrieben, behaupte ich, in ihrem fulminanten Essayband *Das kleine Ich bin ich*. Das sei ein Kinderbuch, das stehe da so gar nicht drin, da hätte ich was falsch verstanden, sagt Klara – aber sehr nett und zugewandt, mit freundlicher Stimme. Das sei All-Age und die vielleicht beste Abhandlung über Individualität und Selbstwahrnehmung überhaupt. Ich bestehe darauf, recht zu haben, was Klara gelten lässt. Sie weist mich nicht mehr bei jeder erdenklichen Gelegenheit in die

Schranken, was unsere Beziehung sehr grundlegend verändert.

Ich bin offen für diesen nächsten Schritt. Weil sie neuerdings extrovertiert und wohlmeinend ist, kommt sie bei unseren neuen Kulturbetriebsfreunden sehr gut an. Wir besuchen nicht nur Premierenfeiern, sondern auch Ausstellungseröffnungen, Filmfestivals, Diskussionsveranstaltungen zum Thema Fair Pay und Tanzworkshops. Manchmal gehen wir sogar ins Theater. Wie ein Tetrissteinchen, das sich langsam Richtung Boden bewegt, versuche ich, mich an geeigneter Stelle im Kulturbetrieb einzufügen. Von Klaras Glanz, so sage ich mir, werde letztlich auch ich profitieren. Immerhin stehe ich neben ihr.

Klaras Therapeutin hat ihr MDMA verkauft, und das haben wir ab und zu dabei, wenn wir unterwegs sind, nehmen es aber nie, weil ich nichts von solchen Substanzen halte, nur zertifizierte Medikamente und Schnaps führen in rauschenden Nächten zu Erfüllung und Hoffnung. Wie schon ein großer österreichischer Entertainer sagte: Am Ende bleibt die Wahl zwischen Alkohol und Psychopharmaka. Ohnehin ist es en vogue, ohne Drogen gut drauf zu sein. Die meisten unserer neuen Kulturbetriebsfreunde sind zurzeit auf diesem Trip: Sie trinken nur Saft und gehen früh nach Hause, um morgens *voller Energie in den Tag starten zu können*. Sie alle haben so viele Termine und sind so wichtig. Ach, hätte ich doch auch nur einen Terminkalender mit extrem vielen Einträgen. Wenn ein Gespräch in eine Phase der Terminfindung übergeht, könnte ich kopfschüttelnd darin blättern, entsetzt über meine eigene Unersetzlichkeit. Da muss ich überall hin, und nirgendwo bin ich entbehrlich. Noch ist es nicht so weit. Hin und wieder werde ich auf meine Vergangenheit als *Content-Creator* angesprochen, aber ich möchte mich davon unabhängig machen. Unsere Kulturbetriebsfreunde sollen mich persönlich kennenlernen und sich kein Bild von mir machen, indem sie lediglich die alten Fotos und Videos durchsehen, von denen einige online noch zu finden sind. Zu viele Leute machen Screenshots, Content vergeht nicht.

Eines Abends nippe ich also auf einer Premierenfeier an meinem Prosecco und unterhalte mich gerade mit einem Dramaturgen, der mir erzählt, er trinke täglich drei Gläser Aroniasaft, um seine träge Verdauung anzukurbeln, als Helene den Raum betritt, sich neugierig umsieht, so wie jemand, der prüft, was es hier zu holen gibt. Ich gehe auf sie zu, sie wirkt erschrocken, mich zu sehen, eine unbefangene Begrüßung fällt uns schwer, aber nun liegt sie hinter uns, und sofort entsteht eine Stille, die von Beginn an peinlich ist, weil wir uns doch viel zu sagen haben müssten.

»Und ... was führt dich hierher?«, frage ich.

Sie zuckt mit den Schultern.

»Ich bin mit ihr hier«, sagt sie und zeigt unbestimmt auf eine Menschenmenge am anderen Ende des Saals. Helene kann erstaunlich schlecht lügen. Obwohl sie im Marketing arbeitet, ist sie nur imstande, wahrheitsbeugende Äußerungen durch Selbstsicherheit zu unterstreichen, während sie sich bei Unwahrheiten im engeren Sinn sehr schwertut. Sie ist so ein herzensguter, ehrlicher Mensch. Helene ist ganz offensichtlich hier wegen der free drinks und der Lachsbrötchen. Wo sonst kriegt man Grissini, Oliven und Sekt vom Discounter umsonst, wenn nicht bei verschiedenen Arten von Kulturevents, wo Kunstschaffende und ihre Verbündeten sich gegenseitig versichern, in der Gesellschaft eine entscheidende Rolle zu spielen. Dann bricht es auch schon aus ihr heraus, sie fängt zu weinen an.

»Na, na, na«, sage ich in meiner unnachahmlich zarten, verständnisvollen Art.

Sie sieht mich vorwurfsvoll an.

»Magst du vielleicht einen Sekt? Soll ich dir ein Glas holen?«, frage ich.

Immerhin kann ich nicht mit Sicherheit wissen, ob sie möchte, dass ich sie auf ihre Tränen anspreche. Das könnte als Grenzüberschreitung empfunden werden.

In diesem Moment kommt Klara zu uns.

»Was ist denn los?«, möchte Klara wissen. Dabei sieht sie mich prüfend an. Also das ist unerhört! Helene weint doch nicht wegen mir.

»Ich bin in Privatinsolvenz, und jetzt ... jetzt gehe ich zum Abendessen immer zu irgendwelchen Kulturveranstaltungen, weil ... weil es meistens nicht so schlecht schmeckt.«

»Aber das ist doch kein Grund zu weinen! Wir machen das auch, ist doch wunderbar. Das gehört quasi zu meinem Beruf, ich bin nämlich jetzt Theaterautor.«

Kurze Pause, damit sie interessiert nachfragen kann. Ach so, aha, spannend, erzähl bitte mehr davon. Aber nichts dergleichen, Helene schluchzt nur vor sich hin. Klara tröstet sie, ich schaue mich nach dem Dramaturgen um, mit dem muss ich nachher noch sprechen, dem sollte ich unbedingt einen Text schicken. Nachdem sie sich etwas beruhigt hat, erzählt Helene, ihre Stelle bei *Modern Home* verloren zu haben.

»Haben sie dich auch aus einem Baumhaus geworfen?«, erkundige ich mich.

»Nein.«

»Haben sie das, seit ich rausgeflogen bin, jemals wiederholt?«

»Nicht, dass ich wüsste. Sie haben gesagt, ich hätte für zu viel Unruhe gesorgt, meine Leistung stimme nicht mehr. Dann haben sich mich ersetzt, durch so einen kleinen BWL-Ficker, der frisch von der Uni kommt, immer nur nickt und alles super findet.«

Sie hat ihre Kredite nicht mehr bedienen, sich die Miete nicht mehr leisten und mit den Zumutungen des Alltags im Allgemeinen nicht mehr fertigwerden können. Bei der Schuldnerberatung habe man ihr gesagt, sie sei kein schwerer Fall, sie werde es schaffen, ihre Schwierigkeiten zu überwinden, und gestärkt aus der Privatinsolvenz hervorgehen, aber sie glaube nicht daran.

Helene schaut Klara und mich traurig an, und ich fühle mich plötzlich verpflichtet, etwas Bedeutendes zu sagen, etwas Epochales, etwas, das sie wieder hoffen lässt. Die Welt sei doch nur ein Tiny House, sage ich, und Gott sehe uns im Stream an, und so eine kleine Insolvenz sei aus der Ferne wirklich winzig, man müsse sich da ein bisschen aus der Situation rausnehmen und auf Distanz gehen, die Perspektive wechseln, um erkennen zu können, wie unwichtig, wie egal, wie komplett bedeutungslos ihr Ruin sei.

»Gott? Die Perspektive von Gott? Hast du unser MDMA genommen?«, fragt Klara.

»Nein, das hab ich einem verstopften Dramaturgen geschenkt.«

Klara gefällt nicht, dass ich Drogen umsonst verteile. So mache man den Markt kaputt. Früher hätte sie mich kritisiert, jetzt sieht sie mich nur ein bisschen enttäuscht an. Das ist mir nicht völlig egal, aber sehr stört es mich nicht. Und die Leute merken sich, wenn man ihnen eine Freude gemacht hat. Du bist gut zu mir, ich bin gut zu dir, du lädst mich zum Törggelen ein, ich kümmere mich um deine Probleme mit dem Finanzamt, du schenkst mir halluzinogene Substanzen, ich lese deinen Stücktext, das ist der Lauf der Dinge.

Klara will das nicht einsehen, sie ist einfach zu nett. Ich hole ein Glas Gin Tonic für Helene, damit sie wieder fröhlich wird.

»Hast du gesagt, dass ich egal bin?«, fragt sie mich, als ich wiederkomme.

»Nein.«

»Doch. Du hast gesagt, ich bin unwichtig und komplett bedeutungslos.«

»Na ja, also, so hab ich das nicht … ich habe nur versucht, dich aufzuheitern.«

Vorwurfsvoll sagt Helene, sie wohne jetzt als Untermieterin bei einem pensionierten Steuerberater in einem ehemaligen Kinderzimmer, das Bett sei viel zu klein für sie, ihre alten Möbel habe sie zerlegt in einem Self-Storage-Abteil eingelagert, es sei alles so furchtbar – sie erzählt das so, als könnte ich etwas dafür. Ihr Tonfall gefällt mir gar nicht, aber ich zwinge mich dazu, weiterhin verständnisvoll und hilfsbereit zu sein.

»Ach, so ein Zufall. Bei dem hab ich früher auch eine Zeit lang gewohnt! Taborstraße Ecke Lessinggasse, oder?«

»Nein.«

Das ist wohl ein anderer Steuerberater. Auch gut.

»Wie viel Geld brauchst du denn?«, fragt Klara.

Wunderbar, Klara übernimmt. Sie wird jetzt aus dieser erratischen Unterhaltung ein konstruktives Gespräch formen, ihr wird klar sein, was gesagt werden muss, damit es Helene bald besser geht. Sie bietet ihr an, dass wir ihr finanziell aushelfen können. Wir gehen wahrscheinlich ein bisschen zu sorglos mit unseren schwindenden Ersparnissen aus *PayNice*-Zeiten um. Außerdem lädt sie Helene ein, vorübergehend bei uns zu wohnen, bis sie wieder auf die Beine gekommen sei, eine neue Arbeit und eine geeignete Wohnung gefunden habe.

Sofort denke ich: Was ist, wenn das nie passiert? Oder wenn es Jahre dauert? Die werden wir doch nie mehr los. Wenige Augenblicke später komme ich mir egoistisch vor und will Buße tun und ihr am besten gleich alles schenken, was wir noch haben. Allerdings sage ich nichts mehr, weshalb es aktuell keine so große Rolle spielt, was in mir vorgeht. Solange ich schweige, ist alles einigermaßen unter Kontrolle.

»Das Büro können wir dir leider nicht überlassen, ich brauche ein Zimmer für mich allein, so wie Virginia Woolf«, sage ich. Leider habe ich mich nicht beherrschen können. Beide sehen mich böse an. Ach, warum bin ich nicht still geblieben.

»Damit ich arbeiten kann«, füge ich hilflos hinzu.

»Du arbeitest doch sowieso nicht!«, sagt Klara.

Ich verschränke beleidigt die Arme, was weiß sie schon von einem kreativen Arbeitsprozess, wo ist denn der Aroniasaftdramaturg jetzt hin, wahrscheinlich schon nach Hause gegangen, na super. Die Details werden geklärt, Helene und Klara besprechen, ob es eine gute Idee wäre, wenn Helene zur nächsten Ego-State-Therapieeinheit mitkommt. Das wäre sicher gar kein Problem, die Therapeutin wäre open minded, wenn Helene einmal dazukäme, wäre das absolut bereichernd.

»Wir machen nicht nur klassisch Ego-State, zuletzt haben wir zum Beispiel auch viel über ihn geredet«, sagt Klara und zeigt auf mich.

Für mich klingt diese Therapie langsam besorgniserregend. Klara und Helene kichern vor sich hin, so als wären sie schon lange befreundet. Dabei kennen sie sich eigentlich kaum. Weil Klara so gründlich recherchiert hat, ist meine Vergangenheit zu unserer Vergangenheit geworden, ohne dass ich dazu etwas hätte beitragen müssen.

Ich schaue mich um, ob ich mich noch mit jemandem vernetzen könnte. Auf kulturellen Veranstaltungen verhält man sich am besten wie eine Spinne, die ein Netz webt. Das kommt sehr gut an, die Leute geben mir überaus gerne ihre Kontaktdaten. Am liebsten frage ich sie nach ihren neuen Projekten, dann monologisieren sie vor sich hin. Wahlweise kann man sich auch chamäleonartig gerieren, man sieht sich um und passt sich an. Ich beobachte etwa einen *vielversprechenden Nachwuchsregisseur* – was eine unbarmherzige Zuschreibung ist, der man nur durch richtige Gestik, Mimik, Accessoires, Kontakte, Ansichten und Insta-Posts gerecht werden kann – und analysiere seine unkonventionelle Art, zu sprechen und sich zu kleiden. Und mache es fortan genauso. Ich lerne die Codes, lange dauert es nicht mehr, bis Grenouille seine Zeit bei dem rücksichtslosen Gerber Grimal hinter sich hat, bald bin ich bereit, selbst ein vollwertiger Künstler zu sein. In ein paar Monaten wird mein erstes Theaterstück uraufgeführt, das hat sich ergeben, weil ich bei einer Premierenfeier eine Dramaturgin kennengelernt habe, die erzählt hat, sie sei immer auf der Suche nach neuen Stimmen, während sie gedacht hat, o Gott, Junge, geh weg, erzähl mir bloß nicht von irgendeinem Text, den du geschrieben hast. Aber ich bin nicht zurückgewichen, meine Stärke ist Beharrlichkeit.

Ich schlage vor, zur Eröffnung der Viennale zu wechseln, beim Film sei das Catering normalerweise besser als bei Premierenfeiern in Theatern. Helene und Klara ziehen es vor, direkt nach Hause zu fahren. Sie sitzen auf der Couch, haben sich viel zu erzählen, trinken Sekt und lachen.

»Wie ist das noch mal mit der Privatinsolvenz? Wie läuft das ab?«, frage ich dazwischen, aber sie ignorieren mich.

Das Arbeitszimmer wird zu Helenes Refugium, endlich macht sich das Ausziehsofa bezahlt. In den nächsten Wochen und Monaten, in denen sie selbstverständlich nicht nach Wohnungen sucht, kristallisiert sich als größtes Problem heraus, dass Helene und ich so viel Zeit zu Hause verbringen. Wir stören einander. Wenn sie meditiert, will ich Musik hören. Wenn sie staubsaugt, bin ich gerade in einem *kreativen Prozess*. So nenne ich es mittlerweile, wenn ich Zeitung lese oder auf meinen Notizblock starre. Klara hingegen findet die neue Wohnsituation toll. Die beiden gehen gemeinsam zum Sport, ziehen abends um die Häuser, machen Witze über mich. Etwas muss sich ändern.

Als ich eine Interviewanfrage anlässlich der Uraufführung meines ersten Theaterstücks erhalte, schlage ich dem Redakteur vor, für das Gespräch nach Mallorca zu reisen, wo ich an der Küste sitzen und meinen Gedanken freien Lauf lassen wolle, ganz nach dem Vorbild der *Monologe auf Mallorca* von Thomas Bernhard, wir bräuchten natürlich zwei Zimmer, am besten in zwei unterschiedlichen Hotels, man wolle ja nicht die ganze Zeit miteinander verbringen, sondern auch in Ruhe ein paar Sonnenstunden genießen, man könne die Aufzeichnung gerne auf mehrere Tage aufteilen. *Könnten Sie sich vorstellen, dass Ihre Zeitung die Reisekosten übernimmt?* Einen YouTube-Link zu dem Interview, an dem wir uns orientieren werden, füge ich hinzu. Er schreibt mir zurück: *Treffen wir uns bitte einfach im Weidinger? Montag, 15 Uhr?* Ich will schon *ok, cool* antworten, ehe mir einfällt, das könnte als unpassend und ein bisschen dämlich empfunden werden, also schreibe ich: *Fein!*

Das Gespräch verläuft leider disharmonisch. Der Redakteur will wissen, ob die Hauptfigur, die doch unzweifelhaft Parallelen zu meiner Person aufweist, mit mir identisch ist, ob das ich bin, was ich verneinen muss, weil ich das nicht bin. Es ist nämlich eine Figur, die ich mir ausgedacht habe. Das findet er sehr schlecht, er ist richtig genervt, weil er sich über autofiktionales dramatisches Schreiben unterhalten möchte.

Anscheinend kreisen alle Fragen nur darum. Wie könne man auf einer Bühne, die als Raum radikal künstlich sei, vollkommene Authentizität erzeugen, fragt er mich. Das weiß ich bedauerlicherweise nicht. Ich bin auch etwas abgelenkt, weil sich am Nebentisch ein Mensch, der aussieht wie Dirk Stermann, und ein Mensch, der aussieht wie jemand, der wie Philipp Amthor sein möchte, über ihrer Meinung nach notwendige Veränderungen im Bereich der Landwirtschaft unterhalten. Stermann-Lookalike und Wannabe-Amthor sind natürlich vollkommen besoffen, was die Vehemenz, mit der sie an ihrer Agrarreform feilen, deutlich verstärkt.

Dann fragt der Redakteur, warum ich schreibe. Spontan fällt mir ein Zitat aus dem Stück *Der Theatermacher* von Thomas Bernhard ein: *Die hohe Kunst / oder der Alkoholismus / ich habe mich für die hohe Kunst entschieden* – und das sage ich dann auch so. Der Redakteur starrt mich an. Ich nippe an meinem Schnaps, den ich vielleicht nicht hätte bestellen sollen, das mag bei einem beruflichen Treffen um 15 Uhr nicht unbedingt üblich sein.

»Früher sind Schriftsteller noch nicht solche Trottel gewesen«, sagt er.

Nachdem der Tiefpunkt des Gesprächs erreicht ist, verabschieden wir uns rasch. Das ist nicht optimal gelaufen. Zum Künstlerdasein gehört nämlich auch, dass man es sich nicht gleich mit allen verdirbt, hat mir meine Lektorin mitgeteilt, die schon gemerkt haben dürfte, dass diese Gefahr besteht. Wie nur ist mein Bühnenverlag zu der Vermutung gelangt, ich könnte schwierig sein. Dabei ist das eine epochale Fehleinschätzung, ich bin ein Quell heller

Freude, stets glänze ich durch Besonnenheit und Vernunft. Na ja.

Zu Hause versuche ich, Ordnung ins Chaos zu bringen. Ich erstelle einen Putzplan und fordere Helene dazu auf, ihre Pflicht zu tun, aber sie ignoriert mich. Von Klara kann ich keine Unterstützung erwarten, die schwebt in anderen Sphären, nach der Arbeit ist sie vorrangig damit beschäftigt, sich selbst *lieben zu lernen*. Ich vermute, Klaras Therapeutin ist keine richtige Therapeutin. Das ist nur so ein Selbsterfahrungsding, wobei auf Vokabular, das auf verschiedene Psychotherapieansätze verweist, zurückgegriffen wird, um den Eindruck von Seriosität zu erwecken und die Preisgestaltung zu rechtfertigen. Letztens sind Helene, Klara und ihre sogenannte Therapeutin bis fünf Uhr morgens bei einer Party gewesen, wo Klara angeblich gelernt hat, ihre verletzten Ich-Anteile anzunehmen und zu versöhnen. Was soll das überhaupt bedeuten? Ich bin mit alledem nicht einverstanden und traurig, dass das niemanden interessiert. Wenn Helene zumindest ein bisschen ordentlicher sein könnte, wäre schon vieles gewonnen. Aber sie bemüht sich gar nicht, mir zu imponieren. Das finde ich sehr schade.

Ich werde zu einem Theaterfestival eingeladen, bei dem es eine Gesprächsrunde zu den *Verbindungen von Politik und Theater* gibt, an der absurderweise auch der österreichische Innenminister teilnimmt. Dass man hin und wieder bei kulturellen Veranstaltungen auftaucht, um ein bisschen kultiviert und ein bisschen weltoffen zu wirken, hat er schon vor langer Zeit gelernt. Es wird im Laufe des Abends auch über Verschärfungen des Demonstrationsrechts gesprochen, konkret über die Möglichkeit, die Organisatoren von Demos für Schäden, die während der Veranstaltungen entstehen, unter gewissen Umständen haftbar zu machen.

Ich spreche mich dagegen aus, woraufhin der Innenminister sagt: »Is scho durch.« Dann bricht er in Gelächter aus, er hält sich den Bauch vor Lachen, sein ganzer Körper bebt. Dass sich tatsächlich jemand die Hände auf den Bauch legt, um diesen während des Lachens festzuhalten, finde ich ganz erstaunlich. Er hält es für sehr amüsant, dass so ein nichtiger Mensch wie ich, der anscheinend irgendwas geschrieben hat, sich einbildet, seine Meinung spiele irgendeine Rolle. Seine Anhänger teilen die Freude ihres Landlords. Ungefähr fünfzig Hooligans hat er mitgebracht – Presseleute und eingefleischte Innenministerfans –, die so tun, als hätte er eine sehr geistreiche Bemerkung gemacht. Er beruhigt sich nur langsam. Wiederholt nennt er mich *Herr Rinderwahn*, wobei schwer zu sagen ist, ob er sich meinen Namen wirklich nicht richtig merken konnte oder ob es seine Absicht ist, mir meine eigene Bedeutungslosigkeit auf diese Weise vorzuführen. Wenn ich später von dieser Veranstaltung erzähle, glauben viele Leute, die Schilderung sei übertrieben, verzerrt, satirisch zugespitzt, aber so ist die Realität. Das ist nicht einmal autofiktional, das ist – zumindest jetzt und hier – die *reine Wahrheit*, ein Ausschnitt aus der autorisierten Autobiographie des Emil Rinderknecht. Was soll man machen.

Wir haben kaum noch Geld, das hat sich ja schon länger angebahnt. Die Phase, in der ich ein regelmäßiges Einkommen bezogen habe, ist zu kurz gewesen, während die Monate des Müßiggangs zu zahlreich gewesen sind. Immer wieder widersetze ich mich dem Impuls, meine Accounts zu reaktivieren und mich online zu verkaufen, so gut es geht. Digitaler (Seelen-)Striptease ist nur der allerletzte Ausweg. Streng genommen ist Klara von dem Geldproblem in deutlich geringerem Ausmaß betroffen als ich, sie bezieht ja ein regelmäßiges Einkommen, während ich ausschließlich auf das Ersparte aus der *PayNice*-Zeit zurückgreife und davon abhängig bin, dass Klara mit mir teilt. Leider behauptet sie nun, es schränke mich in meiner Entwicklung als Mensch ein, wenn sie es mir nicht ermögliche, finanziell unabhängig zu werden. Es wäre mir gegenüber unfair, wenn sie es erlaubt, dass ich auf dem Level eines unnützen Essers verweile. Ebenso sei es unzulässig, mich als Toyboy oder Trophy Boy zu labeln, wobei ich die mit derlei Etikettierungen verbundenen Anforderungen angesichts meines wenig trainierten Körpers ohnehin nicht erfüllen könne. Es helfe alles nichts, sie könne mich nicht erhalten, ich müsse einen Beitrag leisten. Ich schreibe meiner Theaterverlegerin, ob sie nicht die Stücke von Kehlmann ein bisschen weniger und meine dafür ein bisschen mehr pushen könnte, Kehlmann sei sicher schon reich wie König Midas und ich leider nicht, ich hätte eine hohe Zahnarztrechnung zu begleichen, und Klara wolle mir aus fragwürdigen Gründen kein Geld mehr geben, weshalb ich inständig um Support bitte. Sie antwortet mit einem Kotz-Emoji. Hm.

Zum Glück muss ich nur sehr wenig Geld für Nahrungs-
mittel ausgeben. Ich habe mich mit anderen Personen, die
kulturelle Events nutzen, um gratis zu essen und zu trinken, vernetzt. Die *Free-Lunch-Community* wächst langsam,
aber stetig. Wenn in unserer WhatsApp-Gruppe ein guter
Hinweis auftaucht, mache ich mich sofort auf den Weg.
*Preisverleihung Drehbuchforum Wien, 1A-Buffet, Baba Ganoush
mega.*

Ein 71 Jahre alter Kollege namens Hirngruber ist mein
Mentor geworden, er hat jahrelange Erfahrung darin, für
sein Abendessen nicht bezahlen zu müssen. Hirngruber ist
ein Vorbild, wenn es darum geht, einem Aussteigerdasein,
das auf einem Fundament aus Trunksucht und Arbeits-
scheue gebaut ist, treu zu bleiben. Ich hoffe, eines Tages
so wie er zu werden, und niemals zu einem bürgerlich-
strebsamen Mitglied der Gesellschaft zu verkommen. An
einem Samstagabend, an dem wir schon erfolgreich gewesen sind, sitzen wir gerade satt auf der Couch, als ich Hirngruber von dem Druck berichte, unter dem ich stehe.

»Klara will, dass ich wieder anfange zu arbeiten. Aber
ich bin einfach noch nicht so weit.«

»Du schreibst irgendwas, oder?«

»Damit verdiene ich fast nichts.«

»Bald kommt sowieso der Komet«, sagt Hirngruber und
legt die Hände in den Schoß. Das angeblich unmittelbar
bevorstehende Weltende ist seine Antwort auf alles. Im
Fernsehen läuft eine Talksendung über die *Bildungsmisere.*
Das Abschneiden bei irgendeiner internationalen Testung
ist wieder einmal schlecht gewesen, weswegen nun über
die Ursachen dieses *Systemversagens* diskutiert wird. Sie

sprechen total negativ über die Entwicklung der Testergebnisse, über die Jugend, die Zukunft, die Gesellschaft. So als wären wir bald alle irgendwie dumm oder so, als wäre es ein Problem, wenn da keine Trendwende gelingt. Der Zustand des Schulsystems sei deplorabel, sagt ein Bildungswissenschafter. Laut Duden-Online bedeutet das beklagens-, bedauernswert. Hirngruber schimpft vor sich hin: »Ihr seid deplorabel, Lumpenpack, elendiges.« Mir fällt auf, dass zu Diskussionen über das Thema Bildung fast nie Personen eingeladen werden, die in Schulen arbeiten.

»Vielleicht sollte ich Lehrer werden«, sage ich zu Hirngruber. Er macht eine wegwerfende Handbewegung und murmelt: »Komet.« Dann nimmt er zwei Bierflaschen aus seiner übergroßen Jacke mit den unzähligen Taschen, die er auch in Innenräumen nie auszieht. Während ich die Bildungsdebatte verfolge, habe ich mehr und mehr den Eindruck, dass dem beschriebenen Leistungsverfall Einhalt geboten werden muss.

»Und mit meinem ORF-Beitrag finanzieren die so einen Scheiß«, klagt Hirngruber und zeigt auf den Fernsehbildschirm.

»Bist du davon nicht befreit? Bei einer Diskussion über Bildung wird der Bildungsauftrag doch erfüllt.«

»Ein richtiger Scheißdreck«, wiederholt er bestimmt.

Dagegen kommt man mit Argumenten nur schwerlich an. Als Klara nach Hause kommt, springt Hirngruber auf und verbeugt sich. Er deutet einen Handkuss an, seine Bewegungen sind souverän und stilvoll, finde ich.

Klara wirkt irgendwie angespannt. Ich sage ihr, zwischen 2012 und 2023 habe sich unter den Menschen im

Alter von 16 bis 65 Jahren die Gruppe mit Problemen beim Lesen fast verdoppelt, mehr als 29 Prozent seien funktionale Analphabeten. Das sei ein großes Problem.

»Mhm«, murrt Klara.

»Haha, anal«, lacht Hirngruber.

»Wie alt sind Sie?«, will Klara von ihm wissen.

»Übernächste Woche werde ich 72. Wieso?«

»Und immer noch so blöd«, sagt Klara und schüttelt verächtlich den Kopf. Ihn kümmert das nicht. Ob wir ein bisschen gebildeter oder ungebildeter seien, wäre nicht von großer Bedeutung, denn wenn der Komet komme, werde das keine Rolle spielen.

»Du und deine dämlichen Schnorrer«, sagt Klara und sieht mich abschätzig an.

Das sind ganz neue Töne. Ich frage, ob ich ihrer Therapeutin erzählen solle, wie sie hier rede. Die Therapie habe sie beendet, sagt Klara knapp und verschwindet in Helenes Zimmer, das früher einmal ein wunderbares Büro gewesen ist.

Während Hirngruber anfängt, darüber zu sprechen, was seiner Meinung nach in diesem Land falsch läuft, google ich *lehrer werden quereinstieg*. Auf der Website *klassejob.at* klicke ich auf *jetzt durchstarten*. Mittlerweile wird offensiv um Quereinsteiger geworben, um den Mangel an Lehrkräften auszugleichen, ein Lehramtsstudium ist nicht zwingend erforderlich, wenn man ein fachlich geeignetes Studium absolviert hat. Seit meinem Abschluss, der doch schon eine Weile zurückliegt, habe ich nicht vermeiden können, in verschiedenen Jobs tätig gewesen zu sein, weshalb auch die geforderte Berufspraxis kein Hindernis darstellt. Hirngruber sagt, er empfehle niemandem, sich zum *Systemsklaven* zu machen.

»Aber so viele Leute können nicht lesen. Jemand muss es ihnen beibringen. Oder zumindest vermeiden, dass das immer noch mehr werden.«

»Na und? Lesen ... ist das denn so wichtig?«

Dann kommt eine Nachricht von unseren Kollegen, bei einer Vernissage gibt es Freigetränke in großen Mengen, auch Cocktails, deren Qualität beachtlich sein soll. Hirngruber möchte sich sofort auf den Weg machen, aber ich habe keine Lust.

»Geh lieber ohne mich, ich bin schon müde.«

Bevor er die Wohnung verlässt, umarmt mich Hirngruber und sieht mich an, als wäre meine Situation sehr bedauerlich. Er scheint zu ahnen, dass unsere gemeinsame Reise von Event zu Event sich dem Ende zuneigt.

12

Wenn ich erzähle, dass ich an einem Gymnasium unterrichte, reagieren meine Kulturbetriebsfreunde in aller Regel mit Mitleid, Geringschätzung, offener Verachtung oder Schadenfreude. Erstaunlich viele Menschen scheinen mittlerweile der Ansicht zu sein, die Arbeit im Bildungssystem sei zwar grundsätzlich ehrenwert, aber natürlich sei es vergebliche Liebesmüh, gegen die Tiktokisierung des Denkens angehen zu wollen. Ich hätte eher gedacht, man werde mir vorwerfen, zu viele Ferien und zu viel Freizeit zu haben, aber das dürfte aus der Mode gekommen sein. Klara ist ganz zufrieden mit mir, wobei ich den Eindruck habe, sie ist vor allem froh, dass ich einen geregelten Tagesablauf habe und nicht so oft zu Hause bin.

Ich unterrichte Deutsch, was anscheinend ganz schlimm ist. Eine Kollegin hat sich bekreuzigt, als ich ihr gesagt habe, fünf Klassen zu übernehmen. In der 5C hängt hinten ein Plakat mit der Aufschrift *Ein Tschetschener aus Wien 20 und du brichst wie die Titanic*, das ist angeblich das Klassenmotto. Wie kreativ, habe ich gedacht, das ist ja fast wie ein Wahlspruch auf einem Adelswappen. Dann habe ich herausgefunden, dass es sich um ein Zitat aus einem Song des Rappers RAF Camora handelt. Für die 7A habe ich *Die Wand* von Marlen Haushofer als Klassenlektüre ausgewählt. Zuerst wollte ich das Geld für die Bücher einsammeln, um sie zu bestellen, aber das Absammeln von Bargeld ist nicht erlaubt, wie ich erfahren habe. Also erkundige ich mich bei ein paar Deutschlehrerinnen, ob es möglich sei, die Jugendlichen die Bücher selbst besorgen zu lassen.

»Ich schreibe auf, dass sie sich das Buch bis zu einem bestimmten Termin besorgen sollen. Funktioniert das?«

»Nein«, sagt eine schlicht.

»Mach, was du willst. Es ist eh schon alles wurscht«, sagt eine andere. Ich mustere sie eingehend, ihre bunte Holzperlenkette hätte mich ein optimistischeres Mindset erwarten lassen.

»Bald kommt sowieso der Komet«, fügt sie hinzu, als sie merkt, dass sie mich ein bisschen aus dem Konzept gebracht hat. Jetzt müsste ich eigentlich fragen, ob sie Hirngruber kennt, aber das hat gerade keine Priorität. Wie macht man das jetzt, wenn man mit einer Klasse ein Buch lesen will? Das sollte doch möglich sein. Angeblich muss man das Geld, wenn man es korrekt abwickeln will, auf ein Schulkonto überweisen lassen, auf das nur die Sekretärinnen Zugriff haben, die man zurzeit aber nicht stören dürfe, weil sie mit irgendeiner Abrechnung beschäftigt seien.

»Du wirst keine Freude mit ihnen haben, wenn du jetzt ins Sekretariat reinschneist.«

Machen die sich über mich lustig? Woher soll man das wissen? Weil ich den Sekretärinnen nicht zur Last fallen möchte und vor einer auch ein bisschen Angst habe, kaufe ich letztlich selbst 26 Exemplare. Kürzlich sind die gesammelten Romane und Erzählungen Haushofers in einer neuen Ausgabe erschienen, die leider so schön ist, dass ich als bibliophiler Dog nicht anders kann, als *Die Wand* in der Hardcover-Ausgabe zu erwerben. Nur das Beste ist gut genug.

Nun bin ich allerdings 663 Euro im Minus. Das erste Gehalt, so hat mir die Administratorin mitgeteilt, komme erst in eineinhalb oder zweieinhalb Monaten. Das Ersparte aus *PayNice*-Zeiten ist längst weg, aber Klara wird sich meiner schon erbarmen, denke ich, und wenn nicht, verkaufe ich eben eine Niere im Darknet, es gibt immer einen Weg. Gedanken an illegalen Organhandel geistern fast täglich durch mein Hirn, wenn ich nach der Arbeit rechtschaffen müde mit der Straßenbahn nach Hause fahre. Als Bettlektüre lese ich das Schulunterrichtsgesetz. Den Unterricht nach den *Werten des Wahren, Guten und Schönen* auszurichten, um an der *Entwicklung der Anlagen der Jugend* mitzuwirken, wird meinem schnöden Dasein endlich einen ordentlichen Sinn geben. Durch das Lehren wird man *ein sich weltwärts objektivierender Mensch, es stabilisiert auf richtige Art das Subjekt*, wie es bei Rainald Goetz heißt. Komisch, der hat sich überhaupt nicht mehr bei mir gemeldet. Hoffentlich geht es ihm gut.

Klara ist eher skeptisch, wenn ich euphorisiert vom Schulalltag berichte. Sie hat ihre Therapie beendet, weil sie sich manipuliert gefühlt habe, und jetzt ist sie meistens nicht mehr so gut gelaunt. Das hindert mich aber nicht daran, ihr zu erzählen, wie erhebend es sei, wenn alle zu einem aufblickten.

»Niemand blickt zu dir auf.«

»Doch, die sitzen, ich stehe.«

»Du bist schon wie der Typ in diesem Buch.«

»*Die Welle.*«

»Genau.«

»Mach dir keine Sorgen, ich werde nichts Faschistisches machen.«

»Das sagen sie alle.«

Klara kann noch immer nicht fassen, dass mir bescheinigt worden ist, zum Unterrichten geeignet zu sein. Sie hatte gesagt, ich solle mir nicht zu viel erwarten, wahrscheinlich werde man mich aussortieren. Dabei habe ich keine Sekunde daran gezweifelt, die Zertifizierungskommission von meiner Eignung zu überzeugen. Ich kann sehr gut normal sein. Das erfordert eine gewisse Willensanstrengung, aber ich bin dazu imstande.

In der 2E sitzt ganz hinten links ein Schüler, der zerstampften Traubenzucker, abgefüllt in Hunderte kleine Säckchen, zu Wucherpreisen verkauft. Sein Bankfach ist voll mit Geld und weißem Pulver. Der erinnert mich an die *PayNice*-Boys. Später wird er es einmal weit bringen, daran habe ich keinen Zweifel. Als ich ihm den Verkauf der Traubenzuckersäckchen im Schulhaus untersage, bietet er mir sofort eine Beteiligung an – instinktiv hat er verstanden, wie Geschäfte gemacht werden. Er wird nicht nervös, verteidigt sich nicht, sondern geht das Problem proaktiv und renébenkoartig an. Aber ich kann mich auf keine Schutzgelddeals einlassen, er soll die Ware bis morgen wegschaffen und nicht mehr oder nur noch nach der Schule verkaufen, sonst muss ich sie konfiszieren.

In der 7A sorgt *Die Wand* für intensive Lektüreerfahrungen.

»Katastrophe, Herr Professor, es ist so depri, man will nur noch sterben«, sagt eine Schülerin, als wir die Lesehausübung besprechen.

Damit habe ich nicht gerechnet. Sollte ich diese todessehnsüchtige Lesart aufs Schärfste zurückweisen, oder mache ich sie gerade dadurch nur noch interessanter? Nach dem Unterricht rede ich kurz mit der Schülerin. Sie habe den Roman bereits fertig gelesen, weil sie nicht habe aufhören können, es sei fürchterlich gewesen, sie habe überhaupt nicht geschlafen.

»Es ist kein trauriges Buch«, sage ich. »Als die Protagonistin am Ende den Mann erschießt und ihn einen Abhang hinunterwirft, weil sie ihn nicht neben dem Stier im unschuldigen Gras liegen lassen will – das ist doch schon auch sehr lustig, oder?«

Die Schülerin schaut mich an, als stimmte etwas nicht mit mir. Sie schnappt sich ihren Rucksack und verlässt hastig den Klassenraum. Ich werde sie zur Schulpsychologin schicken müssen, sicher ist sicher.

Mein Körper kommt nicht damit zurecht, dass ich früh zu Bett gehe, keinen Alkohol mehr trinke und pro Tag so viele Schritte zurücklege. Die Umstellung meines Lebensstils ist zu überhastet erfolgt. Nach zwei Wochen im Schuldienst fühle ich mich wie der gestürzte Wandersmann aus dem Erlebnisaufsatz, den eine Schülerin aus der 2E geschrieben hat. In dem Text geht es um zwei Wanderer, die in den Bergen unterwegs sind. Einer fällt hin, schlägt sich den Kopf auf, Blut rinnt über die Steine. Der andere sagt:

»Ich habe nie gesagt, dass es leicht werden wird.« Und geht weiter. So endet die Geschichte.

Zu allem Überfluss verfolgt mich nun auch noch die Schulpsychologin. Sie ist zu dem Schluss gekommen, dass die Schülerin, die ich zu ihr geschickt habe, eine *lebensfrohe, gesellige junge Dame* sei. Allerdings möchte sie sich gerne einmal länger mit mir unterhalten. Sie hat mich gebeten, sie in ihrem Sprechzimmer zu besuchen. Aber mit mir ist alles in Ordnung. Ich habe dafür keine Zeit, ich muss Hausaufgaben korrigieren.

Die Tage ziehen dahin, ich habe mir eine Verfassung gegeben, Klara sollte stolz auf mich sein. Auch in meiner Freizeit kann ich gar nicht mehr aufhören, an mir zu arbeiten. Ich ernähre mich gesünder und mache regelmäßig Sport. Ein bisschen vermisse ich den destruktiven Lifestyle von früher, und wenn es gar nicht mehr anders geht, sehe ich mir *Trainspotting* an, das reicht auch. Nur sehr, sehr selten denke ich: Was macht eigentlich Martin Krämer jetzt gerade? Manchmal erinnere ich mich – eher widerwillig – daran, früher eine andere Art von Leben geführt zu haben. Aus irgendwelchen Gründen habe ich – das muss noch länger her sein – in einem sehr kleinen Haus gelebt und bin aus einem Baumhaus geworfen worden. Damals habe ich mich auch schon sehr alt gefühlt, aber gleichzeitig noch nicht erwachsen, was ja widersprüchlich gewesen ist, weshalb ich wahrscheinlich so viel getrunken habe, um *den Schmerz zu betäuben*. Welchen Schmerz? Ja, woher soll man das wissen? Nun bin ich Mitte dreißig und mit hoher Wahrscheinlichkeit tatsächlich erwachsen, was ich nicht weiter schlimm finde. Es gibt Leute, denen es gelingt, für immer zu pubertieren, aber das möchte ich für mich persönlich nicht.

Den unsteten Lebenswandel haben Klara und ich überwunden. Sie hat auch die Pille abgesetzt. Wir sind absolut bereit dazu, Eltern zu werden. Klara hat mit Helene über ihren Kinderwunsch geredet. Sie ist ein bisschen entsetzt gewesen, weil sie mich nicht als Vaterfigur imaginieren könne, aber das ist ungerecht. Ich habe bemerkt, dass ich Kinder und Jugendliche durchaus gerne mag. Das ist ein schöner Zufall, weil ich sie ja jetzt auch unterrichte. Mein T-Shirt mit der Aufschrift *Don't grew up, it's a trap* habe ich aussortiert, es passt nicht mehr zu mir. Kurz habe ich in Betracht gezogen, es einmal wochentags anzuziehen, aber das wäre ein Stilbruch, ich trage lieber karierte Hemden aus Biobaumwolle. Wenn es warm ist, kremple ich sie auf, das sieht lässig aus. Klara behauptet, sie fände meinen neuen Style unattraktiv, aber das ist letztlich ihre Sache. Ich bin gut, so wie ich bin. Ach, Mira Lobe, danke für das Selbstvertrauen.

Klara wirft mir vor, dass ich Kinderbücher falsch zitiere, um alles, was ich tue, zu rechtfertigen, aber wer tut das nicht von Zeit zu Zeit. Sie hat angefangen, sich mithilfe diverser Apps und Fitnesstracker zu überwachen. Eine App zeigt ihr an, wann wir Sex haben sollten, damit der *Zeugungsakt* mit hoher Wahrscheinlichkeit erfolgreich sein wird. Ich finde irritierend, dass man gleich mit Ovulationstests und *Fertility App* anfängt, aber Klara sagt, sie schätze es, alles im Griff und im Blick zu haben. Also sitzen wir beim Italiener ums Eck und essen etwas Leichtes. Wir haben Mühe, uns ungezwungen zu unterhalten, was eine ganz neue Ebene in unserer Beziehung ist, denn verlegen schweigend sind wir uns noch nie gegenübergesessen.

»Das machen wir nie wieder«, sagt Klara.

»Was?«

»Dass wir ausgehen, wenn wir etwas zu erledigen haben. Du steckst ihn einfach zuerst rein ohne langes Blabla, und danach können wir immer noch essen gehen. Erst die Arbeit, dann das Vergnügen.«

Ich wende ein, das sei nicht sehr romantisch, woraufhin sie erwartungsgemäß antwortet, eben eine Informatikerin zu sein. Das entschuldigt aber nicht alles. Ihr sollte umso mehr bewusst sein, wie wir von all ihren Apps fertiggemacht werden. Ich werfe die Frage auf, ob man zwingend durch eine Push-Benachrichtigung über den Eisprung informiert werden muss. Das ist natürlich kein Thema, über das man reden kann, wenn der Abend noch gerettet werden soll. Klara bestellt Rotwein und schweigt, wofür ich ihr wahrscheinlich dankbar sein sollte. Es gibt Ecken in Gesprächen, aus denen man nicht mehr heil herauskommt. Im Grunde ist das wahrscheinlich alles richtig so. Wenn ich im bürgerlichen Leben ankommen möchte, muss ich mich dem Fruchtbarkeitsrechner fügen. Der Kellner serviert den Barolo, Klara zieht das Glas gierig zu sich.

»Wie können wir Helene dazu bringen, sich eine eigene Wohnung zu suchen?«, wechsle ich das Thema.

Klara zuckt mit den Schultern.

»Wir werden den Raum als Kinderzimmer brauchen.«

Sie sieht mich an, als sei an dieser Feststellung irgendwas verkehrt. Aber das ist die Wahrheit. Wir müssen Helene dabei helfen, sich selbst zu helfen.

»Wenn man einem Bären einen Fisch gibt, hat er einen Fisch. Aber wenn man einem Bären beibringt, Fische zu fangen, wird er nie mehr Hunger haben. Verstehst du, was ich meine?«, frage ich.

Klara trinkt den Barolo auf ex aus. Bisher hat sie mir immer erklärt, wir müssten Anreize schaffen, damit Helene wieder Lust darauf hat, ohne uns auszukommen, aber mehr als sanfter Druck sei nicht zulässig, sogar dieser sei vielleicht schon zu viel, wenn wir die Freundschaft nicht gefährden wollten. Nun sagt sie, Helene sei zwar cool, aber sie sei unordentlich und stehle Einkaufswägen, was auf Dauer nicht tolerierbar sei. Fast bei jedem Einkauf nehme sie einen mit und lasse ihn im Stiegenhaus stehen, so könne das nicht weitergehen, weshalb man sich mittelfristig eine Lösung überlegen müsse, da gebe sie mir schon recht. Dann bestellt sie Tiramisu und Grappa. Ausnahmsweise verzichtet sie darauf, in mehreren Ernährungs-Apps einzutragen, was sie isst. Ist das ein gutes oder ein schlechtes Zeichen?

Je kontrollierter ich mein Leben führe, umso mehr durchkreuzt Klara selbst die Pläne, die sie unentwegt erstellt, adaptiert, verwirft. Wenn ich in ihrem Alltag nicht mehr für Unruhe sorge, muss sie das selbst übernehmen. An diesem Abend, der anders verläuft als gedacht, weil wir immer noch nicht im Bett sind, sondern weiterhin hier sitzen, erreicht mich eine Nachricht von Ute: *Schöne Grüße von M. Er will mit dir sprechen, aber nicht nötig (meine Meinung). Heb nicht ab, wenn er anruft! Alles Liebe, U.* Es dauert ein bisschen, bis ich begreife, worum es geht. Dabei bin ich völlig nüchtern. Nur ist das alles so unerfreulich, der Konkurs von *PayNice* eine Randnotiz der Wirtschaftsgeschichte, warum sollte ich mich damit noch beschäftigen? Ich habe zu tun, zu Hause liegen stapelweise Hausaufgabenhefte mit Aufsätzen, die ich korrigieren sollte, und ich muss heute noch ein Kind zeugen, Klara muss vom Rotwein ferngehalten werden, sie wird mir morgen Vorwürfe machen, wenn der Abend misslingt. Wir können es immer noch schaffen, es ist noch nicht spät.

»Noch eine Flasche Barolo!«, sagt Klara bestimmt.

»Nein, die Rechnung bitte«, mische ich mich ein.

»Ich bringe ihnen die Flasche und die Rechnung«, sagt der Kellner.

Warum will Martin mit mir reden? Hoffentlich möchte er mich nicht um irgendeinen Gefallen bitten. Aktuell habe ich wenig Zeit, mir Gedanken darüber zu machen, weil es herausfordernd genug ist, Klara davon zu überzeugen, dass es am besten ist, wenn wir jetzt nach Hause gehen. Auf dem Heimweg, der nicht viel mehr als drei Minuten in Anspruch nimmt, läutet mein iPhone, und es gelingt mir nicht, das Klingeln zu ignorieren.

»Digga«, sagt Martin zur Begrüßung.

»Martin! Hey, das ist ja eine Überraschung! Alles gut bei dir? Also so was, das ist ja toll, wir vermissen dich! Ich bin gerade mit Klara essen gewesen, Klara, willst du Martin Hallo sagen, hm, nein? Klara ist noch sprachlos. Wir hätten ja nicht gedacht, dass du uns einfach so anrufst. Echt. So eine Freude, Wahnsinn!«

»Sei leise jetzt«, sagt er scharf.

Stimmt schon, das war wahrscheinlich ein bisschen zu viel des Guten, übertriebene Reaktionen hat er nie besonders gemocht.

»Könntest du dir vorstellen, ein Aufsichtsratsmandat zu übernehmen?«

»Bei welchem Unternehmen?«

»Sag zuerst Ja oder Nein.«

»Nein, ich bin raus. Ich bin jetzt Lehrer. Die Finanzbranche ist nichts für mich.«

»Du unterrichtest ... an einer Schule?«

Martin fängt an zu lachen. Und Klara, die neben mir steht und alles mitanhört, fängt auch damit an, was sicher nur dem Umstand geschuldet ist, dass sie schon ziemlich betrunken ist.

»Ja, was ist daran denn so lustig?«

»Na gut, ich finde jemand anderen. Wer nicht will, der hat schon, sag ich immer.«

Es entsteht eine kurze Pause. Im Hintergrund höre ich das Rauschen der Wellen, vielleicht bilde ich mir das auch nur ein.

»Wie geht es dir?«, frage ich.

»Es ist alles immer noch etwas unübersichtlich. Aber sehr gut, es fehlt mir an nichts! Und euch?«

»Wir machen jetzt gleich ein Kind. Wünsch uns Glück.«

So was sagt man eigentlich nicht, glaube ich.

»Viel Glück!«, ruft Martin.

»Danke, das bedeutet uns viel«, sage ich und lege auf.

Als wir nach Hause kommen, geht Klara schnurstracks ins Schlafzimmer und schläft sofort ein, ohne sich umzuziehen oder die Zähne zu putzen, was ich schlecht finde, denn Zahnhygiene ist sehr wichtig. Martin hat noch eine Nachricht geschickt: *Bitte vernichte dein Handy und wechsle die Nummer, nur zur Sicherheit. Wir bleiben in Kontakt!*

Als ich am nächsten Morgen aufwache, ist Klara schon weg. Ich fahre ins AKH, um meine Mutter zu besuchen. Im Eingangsbereich des Krankenhauses steht ein Mann, der einen Teil seines rechten Arms in der linken Hand hält. Er schaut sich suchend um, als überlege er, wie er nun zur Notfallambulanz gelange. Exakt in dem Augenblick beginnt eine Frau vor Entsetzen zu schreien. Daraufhin dauert es nur noch wenige Sekunden, bis der Mann in die Notaufnahme gebracht wird. Ich schaue ihm hinterher, er hat so ruhig gewirkt, als wäre er wegen einer Routineuntersuchung hier.

Meine Mutter erkundigt sich, wie mir das Unterrichten gefällt. Sie sagt, ich solle nicht so streng sein. Ihre Erinnerungen an die Schulzeit in einer Osttiroler Klosterschule in den sechziger Jahren sind geprägt von klosterschwesterlichen Gewalthandlungen. Schläge mit dem Rohrstock, Scheitelknien und ein cholerischer Abt, der Religion unterrichtete. Einmal packte er einen Schüler, der das Vaterunser nicht fehlerfrei aufsagen konnte, am Kragen und drosch ihn mit dem Gesicht mehrmals gegen die Wand. Währenddessen rief der Abt: »Wirst du dir das wohl merken!« Eine Mitschülerin verarbeitete das Erlebnis lyrisch, wodurch diese Verse entstanden: *Wenn der Abt dir die Nase bricht / kannst, Kind, du das Vaterunser nicht!*

Manche ihrer Mitschüler hätten später gesagt, die harte Gangart hätte ihnen nicht geschadet. Aber da müsse man einwenden, doch, natürlich habe sie das, da bestehe gar kein Zweifel. Meine Mutter erzählt in letzter Zeit viel von früher, sie wirkt dabei entspannt und milde, die Erinnerungen werden mit Fingerspitzengefühl ausgebreitet. Nach Jahren der Krankheit hat sie ein Ausmaß an Sanftmut und Güte erreicht, das sie in gewisser Hinsicht unerschütterlich macht. Sie regt sich nicht über Kleinigkeiten auf, lässt sich nicht mehr aus der Ruhe bringen. Diese Gelassenheit müsste man viel früher erreichen können.

Das denkt man und nimmt sich fest vor, sich der Hektik des Alltags nicht zu ergeben. Aber wenn man das AKH verlassen hat, rennt man doch von dort nach da und von hier nach dort und man rennt und rennt wie Charlie Chaplin in *Modern Times*, und wenn man kurz innehält, wundert man sich, wie viel Zeit schon wieder vergangen ist. Die Monate verschwinden wie die Linien bei Tetris, die Berichterstattung über *PayNice* ist inzwischen weitgehend zum Erliegen gekommen. Es wird nicht mehr spekuliert, wohin Martin geflohen sein könnte. Vorbei die Zeiten, als es die Öffentlichkeit brennend interessiert hat, wenn auf Reddit die Koordinaten einer Villa genannt worden sind, in der sich Martin Krämer aufhalten soll.

Klara wird schwanger, die *Fertility App* zeigt jetzt Bilder von Silvesterfeuerwerk, Konfetti, Säuglingsanfangsnahrung und Windeln an. Beim Geburtsvorbereitungskurs erzählt die Hebamme, ihrer jahrzehntelangen Erfahrung nach seien besoffene Kindsväter der größte Unsicherheitsfaktor im Kreißsaal. Bestimmte Männer hätten einen Hang dazu,

Unruhe in die Abläufe zu bringen. Dabei sieht sie mich an. Ich schaue unschuldig, so als wäre ich nur ein Produkt der Verhältnisse, sie schüttelt genervt den Kopf. Warum sind so viele Menschen gegen mich? Oder bilde ich mir das nur ein? Der Rausch ist mir jedenfalls nicht mehr wichtig. Früher ist insbesondere die Restalkoholisierung ein strukturierendes Element meines Daseins gewesen, in der Restfettn bin ich immer ungewöhnlich entscheidungsfreudig gewesen, nüchtern hätte ich mich zum Beispiel nie für ein Studium entscheiden oder ein Motivationsschreiben verfassen können. Mittlerweile wäre mir das möglich. Ich bin ein funktionierendes Mitglied der Gesellschaft geworden. Na super.

Sofern sie nicht von der Schwangerschaftsmüdigkeit daran gehindert wird, arbeitet Klara abends an der Website für die Konditorei, die Ute in wenigen Wochen eröffnen wird. Ute behauptet, sie habe mit der Vergangenheit abgeschlossen, und nun werde sie sich den Traum von ihrer eigenen *Hofzuckerbäckerei* erfüllen. Ihre Aufgabe werde vor allem darin bestehen, die idealen Rahmenbedingungen zu gewährleisten, damit die Profis bestmögliche Leistungen abrufen können. Ich bin gespannt, ob ihre Arbeitsweise, die sich aus der Führungserfahrung bei einem international agierenden Finanzdienstleister ergibt, auf eine Konditorei übertragbar ist. Die kuratorische Arbeit, die in einer ernst zu nehmenden Hofzuckerbäckerei zu leisten sei, dürfe nicht unterschätzt werden, behauptet Ute. Die perfekte Präsentation des perfekten Erdbeertörtchens, hergestellt von den richtigen Leuten am richtigen Ort, gegessen von anspruchsvoller Kundschaft, die bemerken wird, ob alles stimmig ist – nichts weniger muss das Ziel sein.

Sie macht sich zu viel Druck, finde ich. Klara vertritt die Ansicht, man solle Ute sie selbst sein lassen und ihr nicht raten, sich nicht zu viel Stress zu machen. Ute ist nicht in der Lage dazu, sich das Ziel zu setzen, etwas gut zu machen. Sie will besser sein als alle anderen. Der erste Platz auf den diversen Gastro-Bewertungsplattformen muss her, bei den Google-Rezensionen erwartet sie, dass mindestens 90 Prozent der Gäste 5 Sterne vergeben. Die Quartalsziele stehen fest, Startschwierigkeiten duldet Ute ausdrücklich nicht, das hat sie dem Personal bereits mitgeteilt. Die Website, die Klara baut, muss von zwingender Eleganz geprägt sein, damit sie auch dem strengen Blick jener Food-Influencer standhält, die von Ute nicht bezahlt werden. Ute hat sich viele Gedanken darüber gemacht, mit wem sie kooperiert und wie viele Verbindungen sie eingehen kann, ohne die Aura der Exklusivität zu gefährden. Eine Konditorei in der Innenstadt zu eröffnen kann nur gelingen, wenn man die richtigen Petits Fours zu den richtigen Leuten bringt. Nicht jede Esterházy-Torte ist für jeden.

Wenige Tage nach der Eröffnung, die natürlich ein voller Erfolg geworden ist, sitze ich an einem Tisch neben der Tortenvitrine und trinke einen Mazagran, das ist hier ein doppelter Mokka mit Eiswürfeln und Maraschino. Alles, was ich über Kaffeespezialitäten weiß, habe ich von Ute gelernt. Früher habe ich häufig gesagt, ich wolle einen Kaffee mit irgendeinem Alkohol. Jetzt ist es mir möglich, mich gewählt auszudrücken und auf den Punkt zu bringen, was ich möchte. Also ich trinke ja wirklich fast nicht mehr. Nur in absoluten Ausnahmefällen.

Da betritt ein junger Staatsanwalt den Raum. Als er näher kommt, schwant mir Übles. Sein Gang, sein Anzug und seine Gestik lassen Rückschlüsse auf seinen Beruf zu. Außerdem weiß ich, wer er ist, weil Ute mir Fotos und Steckbriefe von den Personen geschickt hat, die in der *PayNice*-Affäre ermitteln. Er bestellt ein Eclair und einen doppelten Espresso, ich hätte ihn eher für einen Cold-Brew-Typen gehalten. Auf den ersten Blick hat er ein unschuldiges schönes Gesicht. Wenn man ihn flüchtig ansieht, kann man sich vorstellen, dass es viele Leute gibt, die es ihm am WC im Spa-Bereich eines Premium-Fitnessclubs besorgen wollen. Schaut man ihn aber länger an, erkennt man die Verbissenheit in seinem Blick. Diese Vorschrift-ist-Vorschrift-Mentalität. Ein Mensch ohne Gnade für seine Gegner. Schauderhaft. Je länger ich ihn beobachte, umso ekelerregender finde ich ihn und seine Selbstgewissheit. Das Eclair, das nun bereits vor ihm steht, ist mit Blättchen aus echtem Gold verziert, und es tut mir so leid für das Gold, als es in den grauslichen Staatsanwaltsmund geschoben wird, das hat es nicht verdient. Er setzt sich zu mir und sagt, er wolle mich nicht lange stören, habe aber ein paar Fragen.

»Alle reden von Ihnen«, sagt er.

Was? Wovon spricht er? Ruhig. Ich soll nur nervös werden.

»Und wir fragen uns: Was haben Sie eigentlich die ganze Zeit gemacht? Sie sind ein enger Vertrauter von Martin Krämer und von Ute Schwertlein. Aber wofür sind Sie zuständig gewesen? Welche Rolle haben Sie konkret gespielt?«

Das ist doch gelogen. Niemand redet. Das ist schon so lange her. Ich kann mich überhaupt nicht mehr erinnern.

»Ich weiß wirklich nicht, wovon Sie ...«, beginne ich.

»Jaja«, unterbricht er mich.

Ich trinke den Mazagran aus.

»Sie haben ein schönes Gesicht und einen durchtrainierten Körper. In welches Fitnessstudio gehen Sie?«, frage ich. In die Offensive gehen. Auf Ute vertrauen. Sie hat mir gesagt, wie man mit den Ermittlern umgeht. Dass ein Staatsanwalt persönlich hier auftaucht, ist ungewöhnlich. Aber von so einem vordergründig gleißend schönen, aber vom Ehrgeiz zerfressenen Milchbubi werde ich mir meinen Nachmittag nicht verderben lassen, meine quality time als Möchtegern-Kaffeehausliterat.

»Wie sind Sie als mittelloser Niemand, der in einer Musterhaussiedlung ein tristes Dasein gefristet hat, in die Führungsriege von *PayNice* gelangt?«, fragt er unbeirrt weiter.

»Durch Social Media. Ich meine, ich bin nur Social-Media-Manager gewesen. Ich ... weiß von nichts, ich habe keine Ahnung von Finanzgeschäften, ich bin schlecht in Mathe.«

»Wieso erzählen uns alle von Ihnen?«

»Mein Dasein war nicht trist.«

»Wie auch immer.«

Und dann fügt er etwas äußerst Unangenehmes hinzu: »Die Mühlen des Gesetzes mahlen langsam, aber stetig.« Das ist eine Phrase, klar. Dennoch bereitet mir die Vorstellung Sorge, *diese Leute* – die Polizisten, die Staatsanwälte, die Richter – könnten Klara und mir eines Tages tatsächlich etwas antun. Und zwar völlig ohne Grund. Es reicht, wenn sie sich dazu entschließen. Wir werden Eltern. Wir können uns nicht wegen irgendwelchen alten Geschichten aus der Bahn werfen lassen. Ich verspüre den Drang, nach Hainan zu fliehen. Am besten sofort. Aber ich bleibe sitzen und tue so, als wäre ich noch entspannt. Wieso geht dieser fürchterliche Mensch nicht endlich?

Der böse Mann frisst noch ein Eclair. Er schlingt es innerhalb einer halben Minute in sich hinein. Es ist ihm, sofern ich das richtig wahrnehme, gebracht worden, ohne dass er es verlangt hätte. Vielleicht hat er ein Eclair-Abo abgeschlossen.

»Ich werde mich nicht weiter mit Ihnen unterhalten«, sage ich. Überhaupt noch etwas zu äußern, kostet mich gerade viel Kraft. Er lächelt souverän.

»Ganz wie Sie möchten. Ich habe mir nur gedacht, ich sage einmal hallo, damit wir uns auch persönlich kennen. Falls wir noch etwas von Ihnen brauchen, werden Sie vorgeladen.«

In den folgenden Monaten kämpfe ich darum, ihn zu vergessen. Das Unangenehme in den Tiefen meines Hirns zu verbuddeln ist nicht mehr so einfach wie früher.

Ute hat jetzt einen Mops, den sie *den Ermittler* nennt. Er erinnert sie stets daran, von der Justiz genau beobachtet zu werden. Die diversen Verfahren werden sich über viele Jahre hinziehen, *PayNice* beschäftigt nicht mehr vorrangig die Öffentlichkeit, sondern die Gerichte. Ihr ist bewusst, wie umfangreich die Prozessakten eines Tages sein

werden. Angeblich hat Alen die Kronzeugenregelung be-
antragt.

Ute meint, es bestehe kein Grund zur Sorge, sie habe
alles im Griff. Dass sie noch frei ist, spricht eindeutig für
sie.

13

Ich sitze am Rand des Spielplatzes und passe auf, dass Johanna keinen Sand isst, was meine volle Aufmerksamkeit erfordert, als der böse Mann wieder auftaucht.

»Wie geht es Ihnen?«, fragt er in staatsanwaltlichem Ton.

Was ist das nur für ein durch und durch verdorbener Typ. In der Hand hält er einen grünen Kinderfahrradhelm. Er ist mit seinem fünfjährigen Sohn hier, wie sich herausstellt. Seit ich ihn das letzte Mal gesehen habe, sind ungefähr zwei Jahre vergangen. In diesem Zeitraum bin ich immer wieder von einem diffusen Schmerz heimgesucht worden, der ursächlich mit der Tatsache verbunden gewesen ist, dass die Behörden mich jederzeit holen könnten. Und zwar ohne jeden Grund. Einfach nur, weil es diesen diabolischen Leuten gefällt. Als wäre ich schuld am Verlust von diesen paar Milliardchen, als hätte ich damit etwas zu tun, wo ich doch von gar nichts weiß.

»Sie haben sich nicht mehr bei mir gemeldet«, sage ich.

»Sie sind ja doch unbedeutend«, antwortet er schulterzuckend.

»Bin ich nicht!«

Das hätte ich nicht sagen dürfen. Ich sollte dankbar sein, wenn er mich als unwichtig betrachtet. Inzwischen hat das staatsanwaltliche Kind begonnen, mit Johanna im Sand zu spielen.

Der Bösewicht sagt: »Sie werden so schnell groß, die Zeit fliegt dahin.« Wie klein sein Hirn und sein kaltes Herz sein müssen, denke ich. Er wirkt immer noch so ehrgeizig wie bei unserer Begegnung in der Konditorei. Derart geltungssüchtige Leute haben in diesem Teil des Augartens nichts zu suchen. Kaum einer wagt sich auf den kleinen Spielplatz neben dem Kinderfreibad.

»Sohn! Kein Wasser! Mama hat zu Hause auch gesagt, kein Wasser! Wir haben nachher noch einen Termin. Kein Wasser, bleib stehen jetzt!«, ruft der Staatsanwalt. Dann läuft er dem Kleinen hinterher, der ihn geflissentlich ignoriert und mit dem Sandkübel schnurstracks zum Hydranten unterwegs ist. Er hat *Sohn* gerufen. Es ist nicht zu fassen. Der Staatsanwalt ist ein seelisches Wrack, da besteht kein Zweifel. In der Theorie ist es leicht, das Wasserholen zu untersagen. Aber in der Praxis muss man ein solches Verbot auch durchsetzen können. Der staatsanwaltliche Bub achtet nicht auf die väterlichen Argumente und kommt mit einem mit Wasser gefüllten Kübel zurück. Johanna vergräbt schon wieder Schaufelchen und Siebe, was häufig zu schlechter Stimmung im Sandkasten führt, wenn die anderen Kinder ihre Spielsachen nicht mehr finden können. Während er an einer Burg mit Wassergraben baut, von der sich Johanna mit Recht fasziniert zeigt, singt der staatsanwaltliche Bub die erste Strophe von *This Must Be The Place* von den Talking Heads, was schon sehr cool ist, das muss ich zugeben. Das Lied hat ihm sicher die Babysitterin beigebracht. Die ist heute wahrscheinlich krank. Der Staatsanwalt hört anstelle von Musik vermutlich Aktenschreddergeräusche, um sich zu entspannen. Welche List er wohl gerade ausheckt, während er neben mir steht und missmutig mitansieht, wie sein Sohn wieder aufbricht, um Wasser zu holen. Der Bub ist in Ordnung, er hat auch einen trendigen Sonnenhut mit Nackenschutz, so einen hätte ich auch gerne.

Während die Kinder spielen, haben sich die Väter nichts zu sagen. Wenn ich nur nicht so müde wäre, fiele mir sicher ein, worüber wir uns auf unverfängliche Weise unterhalten könnten. Aber Johanna schläft zurzeit schlecht. Wie es mir geht, hängt maßgeblich von ihrem Schlafverhalten ab. Die staatsanwaltliche Frage nach meinem Befinden habe ich gar nicht beantwortet, glaube ich. Überhaupt kommen mir Zweifel, ob er wirklich da ist oder ob ich aufgrund des Schlafentzugs halluziniere. Vielleicht ist der Staatsanwalt nur eine Idee von mir. Da fängt er an, über Fußball zu reden. Offenbar ist ihm daran gelegen, ein Gespräch in Gang zu bringen.

»Er spielt jetzt bei der Vienna«, sagt er stolz und zeigt auf seinen Sohn, der gerade Anlauf nimmt, um auf die Sandburg zu springen. Denn alles, was entsteht, ist wert, dass es zugrunde geht.

»Stürmer«, ergänzt er.

Wenn sich der Bub weiterhin so für den Sport begeistere, wie es momentan der Fall sei – er spiele wirklich ungewöhnlich gut für sein Alter –, werde er später vielleicht einmal ein *Jungbulle*. Der Wechsel in den Nachwuchs von Red Bull Salzburg sei der nächste logische Schritt. Die Schwiegereltern des Staatsanwalts leben in Salzburg, ein Wechsel dorthin biete sich an und sei aus sportlicher Sicht unbedingt anzustreben. Die Schwiegereltern seien zwar schwierige Leute, das seien abgehobene Rucola-Fanatiker. Er erklärt nicht, was er damit meint, und ich sehe keinen Grund, weshalb ich nachfragen sollte. Wir schweigen einige Augenblicke, ehe sich der Staatsanwalt dazu entschließt fortzufahren. Seine Schwiegermutter sei bei den *Omas gegen rechts* sehr aktiv, sie organisiere Demos und Diskussionsveranstaltungen. Beim Familienessen vor ein paar Wochen habe sie ein T-Shirt mit der Aufschrift *Remigriert euch ins Knie* getragen. So eine sei das. Aber na ja, im Grunde sei der Wohnort der Schwiegereltern gar nicht wichtig, die *Bullen* hätten auch ein tolles Internat. Dann wechselt er abrupt das Thema.

»Haben Sie noch Kontakt zu Martin Krämer?«

Martin schreibt mir manchmal. Telefoniert haben wir schon lange nicht mehr. Er wird weiterhin mit internationalem Haftbefehl gesucht. Die Staatsanwaltschaft dürfte seinen Aufenthaltsort mittlerweile kennen. Viel ändert das nicht, China wird ihn nicht ausliefern, er ist in verschiedene Projekte im Finanzsektor involviert. Manchmal schickt Martin Botschaften, die über seine Anwälte öffentlich kommuniziert werden.

»Nein.«

»Erhalten Sie noch Geld von ihm oder von Ute Schwertlein?«

Leider schon lange nicht mehr. Die schauen nur noch auf sich, diese Egoisten.

»Natürlich nicht.«

»Im Grunde kümmern Sie mich nicht. Sie sind nur ein kleiner Mitläufer. Aber was mich immer interessiert, sind die Umstände, wie Leute vom rechten Weg abkommen.

Was braucht es dafür? Wer bringt uns dazu? Wie kann man es verhindern? Das frage ich mich nicht nur beruflich.«

»Hä?«

Wenn ich müde bin, fällt es mir oft ein bisschen schwer, mich höflich auszudrücken. Jetzt zeigt er auf seinen Sohn und meine Tochter.

»Man wünscht sich, dass das eigene Kind nicht mit den falschen Leuten in Kontakt kommt. Zum Beispiel mit jemandem wie Ihnen. Das können Sie verstehen, oder?«, fragt er.

In diesem Moment wird im Sandkasten mit Schaufeln geworfen, und wir müssen einschreiten. Danach hat sich das Zeitfenster, in dem eine Antwort notwendig erschienen wäre, geschlossen. Wir haben uns wirklich nichts mehr zu sagen, finde ich. Da fängt der Staatsanwalt an, von diesem seltsamen Einbruch in eine Innenstadtkonditorei zu erzählen. Es sei nichts gestohlen worden, die Einbrecher hätten nur alles kurz und klein geschlagen. Als ich davon gelesen habe, ist mir sofort klar gewesen, wer die Auftraggeberin war, und ich habe mir gedacht: ach, Ute. So was muss doch nicht sein. Sie hat es nicht ertragen können, dass die Konkurrenz online besser bewertet worden ist als ihre *Hofzuckerbäckerei*.

»Wissen Sie etwas darüber?«

»Woher denn?«

Er zuckt mit den Schultern, wahrscheinlich überlegt er, ob er mir noch weitere Fragen stellen soll.

»Ach, egal«, sagt er schließlich, ehe er seinem Sohn zuruft, er solle sich den Sand von der Hose klopfen, sie müssten jetzt gehen.

Wir bleiben auch nicht mehr lange, es ist bald Zeit für unseren Mittagsschlaf. Am Nachmittag kommt Helene vorbei. Sie ist überzeugt davon, dass Johanna ganz genau so ist, wie sie selbst als Kind gewesen ist, weshalb sie ihr enorme Mengen an Kleidung und Spielsachen schenkt. Diesmal hat sie einen neuen Pyjama und ein paar Kleider dabei. Gerne vergleicht sie Johanna mit ihren Kindheitsfotos und stellt wohlwollend fest: »So bin ich auch gewesen.« Helene ist zurzeit wieder besonders positiv beeindruckt von sich selbst und allen Menschen, die ihr ähneln. Seit sie die *Sales Akademie*, in der sie junge Marketingtalente ausbildet, gegründet hat, ist sie nur noch begeistert von sich. Nichts an ihr erinnert mehr an die Tage, als sie bei Klara und mir gewohnt hat. Aus der Privatinsolvenz ist sie emporgestiegen, nur eine kleine *Sales Akademie* für all jene, die bereit sind, richtig durchzustarten, hat gegründet werden müssen – und das ist toll. Nur manchmal vermisse ich die Helene, die auch nachdenklich oder melancholisch sein konnte. Jetzt ist sie immer gleich, die wohltemperierte Helene ist ein bisschen unheimlich. Klara sieht das auch so. Weil sie so zufrieden wirkt, vermuten wir, dass Helene harte Drogen oder zumindest sehr viele Medikamente nimmt. Sie bleibt nämlich manchmal stecken. Man unterhält sich, das Gespräch verläuft gewöhnlich – und plötzlich erstarrt Helene für dreißig bis vierzig Sekunden. Ich habe des Öfteren mitgestoppt. In diesem Zeitraum reagiert sie nicht, sie ist komplett weggetreten. Normal ist das ja nicht, und das kommt immer häufiger vor. Klara sagt, es spräche nicht für uns, wenn wir nicht akzeptieren könnten, dass es Helene gut geht. Es sei nicht fair, ihr eine Drogen- und Medikamentensucht zu unterstellen. Aber Leute, die wirklich glücklich sind, erstarren nicht von einem Moment auf den anderen, als hätten sie das Schlangenhaupt der Medusa erblickt, nehme ich an.

Helene erzählt uns wieder von der Osteopathin, die zurzeit einen Kurs in ihrer Akademie besucht. Sie sagt, man könne die Energie, die durch den Körper fließt, für die Skalierung nutzbar machen. Das bedeutet gar nichts, denke ich. Früher hat Helene durchschaut, dass die Marketingsprache leer und sinnlos ist. Die meisten Leute, die im Marketing arbeiten, wissen das. Zumindest alle, die ihren Job einigermaßen gut machen. Jetzt tut sie so, als spreche sie eine tiefe Wahrheit an, wenn sie über Ideen für Kampagnen zur Markteinführung von neuen Produkten redet. Die Osteopathin, die sich sehr engagiert fortbildet, behandelt auch Kinder und Jugendliche. Wir sollten Johanna zu ihr bringen, nach ein paar Einheiten werde sie nachts sicher durchschlafen. Helene spricht von der Energie, die sich in den Fingerkuppen sammelt, von Energieblockaden und Techniken des Loslassens.

Mir ist das egal, aber Klara hat schon begonnen, auf ihrer Unterlippe herumzubeißen, was kein gutes Zeichen ist. Sie weiß es grundsätzlich nicht zu schätzen, wenn man ihr vorschreibt, was sie zu tun hat. Was den Umgang mit Johanna angeht, hat sie ein besonders angespanntes Verhältnis zu Ratschlägen aller Art. Als Mutter wird ihr oft detailliert beschrieben, was sie wie zu machen hat. Das gefällt ihr eher nicht so gut.

Die Ansprüche, die an mich gestellt werden, sind hingegen niedrig. Aus unerfindlichen Gründen sind viele Leute der Meinung, es sei grandios und sehr überraschend, dass ich allein auf Johanna aufpassen und sie sogar baden und zum Schlafen bringen könne. Ich kann nur gewinnen, weil man mich für so unfähig hält. Ständig werde ich unterschätzt. Dabei bin ich so schlau und umsichtig. Meine Vernunft kommt quasi aus dem Hinterhalt. Was wichtige Themen wie Kindererziehung anbelangt, habe ich trotzdem keine Entscheidungskompetenz. Ich gehorche den Befehlen von Klara, so ist unsere Beziehung aufgebaut. Es ist so bequem, unmündig zu sein.

Während ich über mich nachdenke, was immer sehr schön ist, haben Klara und Helene begonnen, energisch darüber zu diskutieren, ob Kinderosteopathie super oder gar nicht super sei. Leider fragt Helene mich nach meiner Meinung.

»Ich habe keine«, antworte ich.

Eine eigene Meinung macht alles kompliziert. Am besten gibt man eine Umfrage in Auftrag und sieht sich an, welche Aussage zu den wenigsten Problemen und zum größtmöglichen Zuwachs an Wählerstimmen, Geld, Ruhm oder Tagesfreizeit führen wird. Das ist der einzige Umgang mit Meinungen, den ich nachvollziehbar finde. Aber dazu fehlt jetzt die Zeit, weshalb sich ein Themenwechsel empfiehlt.

»Habt ihr gestern Abend das Interview mit Russo gesehen?«

In Italien ist Alessandro Russo mit Korruptionsvorwürfen konfrontiert, die Staatsanwaltschaft hat Ermittlungen aufgenommen. Der circle of life: emporsteigen, korrupt werden, fallen oder aussitzen. Aber Klara und Helene finden es wichtig, dass ich Position beziehe.

»Du musst doch auch eine Meinung haben!«

»Dir ist immer alles egal!«, behauptet Klara.

Jetzt muss ich dem Gespräch eine radikale Wendung geben.

»Uh uh, ah ah«, sage ich, Johanna zugewandt. Auf Laute dieser Art reagiert sie meistens freudvoll. Diesmal zeigt sie kaum Interesse an mir.

Klara schüttelt den Kopf, weil ich nicht klar äußere, wie ich zum Thema Osteopathie stehe, was ich nicht fair finde. Man kann sich nicht über alles den Kopf zerbrechen.

»Mein ganzer Rücken war voller Blockaden. Jetzt fließt die Energie wieder richtig gut. Wäre das nichts für dich, Emil?«, fragt Helene. Wieso gibt sie das Thema nicht endlich auf? Langsam kommt es mir vor, es geht hier und jetzt gar nicht mehr um Kinderosteopathie, sondern um mich. Die wollen mich zu einem meinungsstarken Meinungsmann machen.

»Was ist an einer Meinung denn so toll?«

»Soll das dein Ernst sein?«, fragt Klara.

Ihre Augen funkeln vor Wut.

»Nein.«

»Was nein?«

»Äh, ja.«

Das ist anscheinend auch falsch. Helene und Klara haben sich gegen mich verschworen. Wie ist das passiert? Das kann so schnell gehen. Allerdings verstehe ich nicht ganz, was mir vorzuwerfen ist. Die Situation ist doch entspannt gewesen, ein harmloses Gespräch über ein alternativmedizinisches Thema.

»Soll das nun immer so weitergehen? Du kümmerst dich um gar nichts und schaust nur blöd?«, fragt Klara.

Wieso hört sie nicht endlich auf? Sie soll mich in Ruhe lassen, ich bin müde, es ist kein guter Zeitpunkt für Grundsatzdiskussionen. Zum Glück beginnt in diesem Augenblick Johanna zu weinen. Ich liebe dieses Kind so sehr. Johanna bringt mich aus der Gefahrenzone. Ich nehme sie von der Spielmatte hoch und gehe mit ihr ins Schlafzimmer, wo Papa vor Vorwürfen geschützt ist. Irgendwann wird Johanna so alt sein, dass sie wortreich beschreiben könnte, was sie an mir stört. Aber das dauert noch lange, denke ich.

In der nächsten Zeit ist Klara häufig unzufrieden mit mir. Auch privat muss man abliefern, das ist mir schon klar. Aber ich bin mir keiner Schuld bewusst. Klara behauptet wiederholt, ich sei ichbezogen. Das ist absolut jeder Mensch, weshalb ich diesen Vorwurf für unsinnig halte, was ich ihr auch sage, weil ich ein ehrlicher Typ bin. Hinzu kommt, dass Klara schlecht gelaunt ist, weil sie mit Helene gestritten hat. Die beiden hatten geplant, gemeinsam zu irgendeinem Konzert zu gehen. Helene hat dann aber gemeint, sie wolle sich abends terminlich nicht mehr so stark festlegen, sondern Freiräume erhalten, weshalb sie sich nicht dazu entschließen könne, das Konzert in ihren Kalender einzutragen. Klara hat dafür wenig Verständnis gezeigt. Helene kann allerdings kein Verständnis für Leute aufbringen, die kein Verständnis für andere Lebens-

und Denkmodelle aufbringen – das hat sie wirklich gesagt. Und das ist auch für mich sehr schlecht. Wenn Klara schlecht gelaunt ist, leide vor allem ich darunter. Obwohl ich mich redlich bemühe, sie aufzuheitern, gelingt es mir nicht. Dabei habe ich sogar ein Erdbeertiramisu für sie zubereitet. Aber das reicht anscheinend nicht mehr. Wir sind seit eineinhalb Jahren vollkommen übermüdet. Hätten wir Zeit für Zweisamkeit und Erholung, wäre sie sicher nachsichtiger mit mir. So aber kritisiert sie mich andauernd. Das gefällt mir gar nicht.

Klara hat sich mit Johanna in die Berge zurückgezogen, weil ich ihr auf die Nerven gehe. Das hat sich in den letzten Wochen abgezeichnet, immer wieder hat sie gesagt, sie brauche *Abstand*, wobei ich nicht daran gedacht habe, diese Aussage ernsthaft auf mich zu beziehen. Wieso sollte sie nicht immer in meiner Nähe sein wollen? Was hat ein *Mountain Retreat*, was ich nicht bieten kann? Alles in allem ist es sehr enttäuschend, dass ich in Wien zurückgelassen worden bin.

Je länger ich darüber nachdenke, umso bedrohlicher empfinde ich die Situation. Vielleicht kommen die nie zurück. Am Vormittag sind sie losgefahren, gegen Mittag habe ich Klaras Wunsch, sich inmitten der Natur zu entspannen, noch ein Mindestmaß an Nachvollziehbarkeit zugestanden, aber am Nachmittag ging es stimmungsmäßig steil bergab, abends kam dann die Panik. Ich bin allein. Das geht nicht. Das halte ich nicht aus. Ich sehe mich schon sieben Jahre lang in einer Höhle in völliger Dunkelheit dahinvegetieren und ausschließlich Wurzeln und

Baumrinde essen. Die Einsamkeit erwartet mich. Später rufe ich Helene an, um mich zu beschweren.

»Sie ist wirklich gefahren.«

»Was? Wer? Wohin? Weißt du, wie spät es ist?«

»Sie hat gesagt, sie braucht Abstand. Absurd, oder?«

»Du hast mich geweckt«, murmelt Helene.

Stille.

»Ja, sorry. Aber das kann sie doch nicht machen! Sankt Johann im Pongau! Das ist nichts für Johanna. Was soll sie denn dort machen? Ich fehle ihr sicher schon!«

Helene hat aufgelegt. Eine Frechheit. Schlafen ist allerdings eine gute Idee. Das Angenehme im Schlechten ist in diesem Fall, dass ich ausschlafen kann. Nach knapp fünfzehn Stunden erwache ich und fühle mich für einige Minuten sehr erfrischt. Aber dann fällt mir ein, welch himmelschreiendes Unrecht mir angetan worden ist. Klara und Johanna sind ohne mich in Urlaub gefahren – und zwar ohne jeden Grund.

Am Vorabend ihrer Abreise haben Klara und ich gestritten. Aber ganz lieb. So wie immer. Wir haben uns Vorwürfe gemacht, wie das zwei Menschen tun, die sich lieben. Es war wirklich alles in Ordnung, nicht gut, aber akzeptabel. Es gibt heutzutage keine Bereitschaft mehr, wenig begeisternde Lebensphasen zu ertragen. Dabei ist das Dulden so eine wunderbare Kompetenz. Heutzutage? Ob man früher eher bereit gewesen ist, zu dulden und zu ertragen, kann man im Grunde nur beurteilen, wenn einem zumindest einmal der Abt im Religionsunterricht die Nase gebrochen hat, finde ich. Meine Mutter behauptet ja, meine Generation sei viel angepasster als ihre. Diese These hat sie mit einer Erzählung über irgendwelche Tiroler Feuerwehr-feste untermauert, die den Bacchusfesten im antiken Rom nachempfunden gewesen sein dürften, zumindest was die sexuellen Praktiken anbelangt, die rituelle Bedeutung dürfte geringer gewesen sein.

Aber genug davon. Es hilft ja alles nichts, jeder Gedanke ist nur ein Versuch, mich von meinem Schicksal abzulen-ken, von meiner endgültigen Isolation. Da erst sehe ich, dass mir zwei Anrufe entgangen sind. Das dürfte bedeu-ten, dass Klara eingesehen hat, wie schändlich es gewesen ist, mich mir selbst zu überlassen. Als ich zurückrufe, hebt sie nicht ab. Ich denke an meinen ehemaligen Geschichte-lehrer, der zwei Wochen in der Schulbibliothek gewohnt hat, nachdem er von seiner Frau hinausgeworfen worden ist. Im Unterricht hat er erzählt, er könnte sich ein Hotel nehmen, aber die Leseecke wäre gemütlich und gratis ver-fügbar, also wieso sollte er woandershin gehen? So werde ich wahrscheinlich auch bald. Vielleicht reift gerade jetzt in Klara die Überzeugung, ich sei unnötiger Ballast, den es abzuwerfen gelte. Das darf nicht sein.

Am besten nicht mehr so viel nachdenken, Ablenkung muss her, ich muss mich in den Weiten des Internets ver-lieren. Dass mir das noch nicht früher eingefallen ist. Was ich jetzt brauche, ist jener diffuse Wahrnehmungsmodus, in dem man sich von dort nach da und immer weiter klickt, von Bild zu Bild, von Video zu Video, bis man jedes Zeitge-fühl verliert. Wenn die Screen Time dann zu Ende geht, weiß man nicht mehr, womit man sie gefüllt, was man ge-sehen und gehört hat. Es spielt auch keine Rolle, man hat sich aufs Wunderbarste betäubt, alle eigenen Gedanken sind in Luftpolsterfolie gepackt, damit sie ersticken, die kommen da nicht mehr raus, jetzt ist Ruhe.

Aber nicht einmal diese Selbstausschaltung des Hirns ist mir vergönnt. Maxim hat vor elf Minuten ein Bild gepostet, das es mir verunmöglicht, das ziellose Klicken fortzusetzen. Ich reibe mir die Augen. Das Foto ist immer noch da. Ich tippe auf *Melden*.

14

Rechtsradikale Burschen und ältere Herren haben Maxim entführt. Das ist mein erster Gedanke gewesen, als ich das Foto gesehen habe. Aber unter dem Bild steht: *Herrliche Wanderung zwischendurch, super Seminarweekend! #visitbayern #oberrieden #naturerleben #gutesnetzwerk #friendsforever.* Maxim steht neben einem bekannten österreichischen Rechtsradikalen, den erkenne ich gleich. Die anderen auf dem Foto sind ein paar AfD-Knilche, Identitäre, Burschenschafter, die sind ja alle getaggt. Es ist keine Kunst herauszufinden, wer sie sind. Sogar zwei Ungarn und ein paar italienische Faschisten sind dabei.

Jetzt reicht es aber endgültig. Klara und Johanna sind ohne mich in den Tiroler Bergen. Maxim macht irgendwelchen rechtsradikalen bayrischen Unfug. Martin versteckt sich auf Hainan. Wie konnte das alles nur so schiefgehen? Jedenfalls kann ich das nicht mehr hinnehmen, ich armer meinungsloser tiny Hedonist, der nur ein bisschen Leben ein bisschen genießen will, muss jetzt endlich etwas unternehmen.

Ich renne zur nächsten Wien-Mobil-Carsharing-Station, die ist bei uns gleich ums Eck, das kommt mir gelegen. Das Navi zeigt an, dass die Fahrt fünfeinhalb Stunden dauern wird. Aber ich werde Maxim befreien, das bin ich ihm schuldig. Kurz vor und während meiner Musterhausphase ist er sehr wichtig für mich gewesen, er hat es nicht verdient, in der rechtsradikalen Dumpfheit zurückgelassen zu werden – das nehme ich zumindest an. Falls er mir blöd kommt, lasse ich ihn für immer zurück. Aber dann weiß ich, dass alles seine Richtigkeit hat.

Als ich Maxim kennengelernt habe, ist er ein lebensfroher, unternehmungslustiger Mensch gewesen, mit einem erfrischenden Hang zum Exzess. Er hat sich dem Trend, allein zu Hause zu bleiben und auf Displays zu starren, widersetzt. Maxim ist es gelungen, mich fürs Ausgehen zu begeistern. Wenn er verkatert davon redete, im Sozialbereich arbeiten zu wollen, klang das ehrlich. Als er sich entschieden hat, doch lieber ein braver Erbe zu sein und ins Familienunternehmen einzutreten, hat sein Absturz begonnen. Ich frage mich, ob er eines Tages wieder ein entspannter, weniger wütender Mensch sein wird.

Nachdem ich ungefähr zwei Stunden gefahren bin, werden mir auf Viber unzählige GIFs geschickt, was darauf hindeutet, dass Johanna Zugang zu Klaras Handy hat. Wenig später folgt ein FaceTime-Anruf, mein iPhone hat sich irgendwie automatisch mit dem Auto verbunden, und auf einmal erscheint anstelle der Straßenkarte auf dem Bildschirm Johannas Gesicht, die sich über alle Maßen freut, mich zu sehen. Das finde ich schon toll, aber auch befremdlich, weil ich wieder einmal den Eindruck habe, dass ich die Technik, die ich benutze, überhaupt nicht im Griff habe.

Klara sagt, sie hätte im Hotelzimmer keinen Empfang, weshalb sie zum Telefonieren in die Lobby hinuntergehen müssten. Dann fragt sie mich, ob alles in Ordnung sei. Klara tut so, als wäre es das Normalste der Welt, ohne mich zu verreisen. So als sei das nicht von Anfang an als Strafmaßnahme konzipiert gewesen, um mich in die Schranken zu weisen. Sie erzählt, wie gut es ihnen gehe, und beschreibt ausführlich die Herrlichkeit der sie umgebenden Natur. Erst dann fragt sie: »Wo bist du eigentlich?«

»Im Auto.«

»Wohin fährst du denn?«

»Nach Bayern.«

»Wir sind nicht in Bayern.«

»Ich weiß!«

»Du kommst doch nicht hierher, oder?«

»Nein!«

Klara sieht mich besorgt an. Ihr Gesicht wirkt auf dem Bildschirm, der für die Anzeige von Straßenkarten besser geeignet scheint, seltsam verformt. Sie müsse sich über einiges klar werden, sagt sie, ihre Gedanken ordnen, ich solle ihr Bedürfnis nach ein bisschen Freiraum akzeptieren. Dass sie weiterhin annimmt, ich sei zu ihnen unterwegs, finde ich ungerecht, ich verstoße nie absichtlich gegen ihre Befehle, ich scheitere höchstens manchmal an der Umsetzung komplizierter Anweisungen. Das müsste sie wissen. Ich erkundige mich, wann sie wieder nach Hause kämen. Klara behauptet, sie hätte mir schon gesagt, dass sie mir das zum aktuellen Zeitpunkt nicht sagen könnte.

Es ist, als habe sie sich in die Berge zurückgezogen, um eine Unternehmungsprüfung zum Abschluss zu bringen. Lohnt sich ein weiteres Investment in den Geschäftsbereich Emil Rinderknecht – oder nicht? Wenn die Prüfung zu einem negativen Ergebnis kommt, wenn sie nachteilig für mich ausfällt – was dann? Und wieso wird die überhaupt durchgeführt? Ich habe mich doch immer so bemüht. Aber Johanna hält zu mir. Daran zweifle ich nicht. Das muss sie. Sie ist noch so klein, sie mag mich sicher noch. Nach dem Ende des Telefonats schickt sie mir ein paar Sticker auf WhatsApp. Johanna ist keine zwei Jahre alt, aber ihre digitalen Kompetenzen sind beachtlich.

Ich schieße im vollelektrischen SUV über die Autobahn, während die Nacht hereinbricht, und stelle mir vor, wie Maxim gezwungen wird, um eine Burgruine zu spazieren und dabei antisemitische Lieder zu singen. Es ist natürlich Selbstbetrug, wenn ich mir einrede, er wäre nicht freiwillig da, wo er ist, aber es soll nicht sein, was nicht sein darf, Maxim ist immer so klug und menschenfreundlich gewesen, die Rechtsradikalen, das sind die anderen, meine Freunde nicht. Eine Batterieladung reicht für ungefähr 600 Kilometer, von Wien sind es 510 Kilometer bis nach Oberrieden, nichts soll mich aufhalten, er muss mir wenigstens erklären, wie es so weit kommen konnte, die Gedanken rasen, der Radar blitzt, den Strafzettel schicke ich später an Maxim. Als ich angekommen bin, rufe ich ihn an.

»Ich bin hier.«

»Wie bitte? Wer spricht da?«

»Es gibt in Oberrieden kein Hotel. Wo seid ihr?«, frage ich, ohne mich mit Erklärungen aufzuhalten. Er nimmt sich ein paar Sekunden Zeit, um zu begreifen, mit wem er es zu tun hat. Maxim seufzt. Er sollte lieber dankbar sein, immerhin bin ich so weit gefahren.

»Das Hotel ist in Kaufbeuren.«

»Warum postet du dann ein Foto aus diesem Dorf?«

»Wir waren wandern.«

»Pack deine Sachen, ich bin gleich da, ich hol dich da raus.«

»Was?«

»Schick mir deinen Standort!«

Am Straßenrand stehen Kinder, die aussehen, als studierten sie gerade eine Szene aus *Das weiße Band* ein. Sie starren mich an, und ich habe den Eindruck, dass keines von ihnen blinzelt. Dieses Bedürfnis haben sie überwunden. Sie wirken, als wäre ihnen nichts wichtig, als glaubten sie an nichts. Mich schaudert, ich verriegle die Autotüren. Es ist gerade alles etwas surreal. Selbstverständlich treffen sich andauernd Neonazis und beratschlagen. Am Akademikerball in der Wiener Hofburg, in Brandenburg, in Kaufbeuren und an unzähligen anderen Orten. Aber dass Maxim an so einem Come-Together teilnimmt, lässt sich nicht mit dem Bild von der Wirklichkeit in Einklang bringen, auf das ich mich programmiert habe. Die verstörend verstörten söderländischen Kinder blicken mir ausdruckslos hinterher, als ich losfahre. Sobald sie im Rückspiegel nicht mehr zu sehen sind, atme ich auf.

Auf dem Parkplatz des Hotels stehen zwei ältere Frauen, eine davon hält ein Schild hoch mit der Aufschrift *Wir sind mehr, aber das allein reicht nicht.* Ein bisschen viel Text für ein Plakat, finde ich.

»Wer seid ihr?«

»Wir sind die Gegendemo.«

»Und wo ist die Demo?«

»Die ist schon vorbei. Wir haben den längeren Atem.«

Da stimmt doch was nicht. Mir kommt der Verdacht, dass etwas an dieser sternenklaren Augustnacht nicht real ist. Sie existiert nicht richtig. Vielleicht bin ich in eine Filmkulisse geraten, ohne es zu merken.

»Ist das hier die Realität? Ist das alles echt?«, frage ich und mache eine ausholende Armbewegung.

»Ja, schon«, sagt die Ältere der Gegendemonstrantinnen.

Schade. Das macht alles kompliziert. Ich stelle mir vor, ich könnte aus diesem Traum, der keiner ist, erwachen. Die beiden fragen mich, ob sie mir helfen könnten, ich wirke etwas verwirrt. Sie halten mir eine Thermoskanne hin. Der Kräutertee der Gegendemonstrantinnen schmeckt ungewöhnlich, er hat eine bittersüße Note, das ist vielleicht gar kein harmloses Heißgetränk. Da tritt Maxim aus dem Hotel. Die beiden Damen fangen an zu buhen, eine von ihnen zeigt ihm den Mittelfinger. Ich bitte sie darum, mit Maxim in Ruhe reden zu dürfen.

»Erklär es mir bitte«, sage ich.

»Was machst du hier?«, fragt er.

Und nun sieht auch er mich an, als wäre ich die Person, um die man sich Sorgen machen müsste.

»Weißt du, was das für Menschen sind, mit denen du hier bist? Ich hab das Foto gesehen und es gar nicht glauben können. Du warst doch früher nicht so!«

»Jetzt mache ich mir eben Gedanken«, behauptet Maxim.

»Das sind Leute, mit denen man ein KZ betreiben könnte.«

»Du musst immer so übertreiben. Deshalb mag dich keiner.«

»1925 haben die Leute auch nicht geahnt, was bis 1945 noch alles passieren wird, wehret den Anfängen, verstehst du nicht, was ich meine? Sonst stehst du in rund zwanzig Jahren vor einem internationalen Strafgerichtshof, und ich werde dir bei deinem Kriegsverbrecherprozess nicht helfen, weil du mir dann schon längst ganz egal sein wirst. Dog ...«, sage ich hilflos, gerate ins Stocken, atme tief durch und füge noch hinzu: »Dog, das geht doch so nicht.«

»Du brauchst professionelle Hilfe«, sagt Maxim.

»Was macht ihr hier überhaupt?«

Er sich mich prüfend an. Dann lächelt er siegesgewiss.

»Schau, mein neues Tattoo«, sagt er und schiebt seine kurze Hose ein Stück weit nach oben. Auf seinem linken Oberschenkel steht geschrieben: *go woke, go broke.*

Wieder einmal denke ich: Das kann nicht sein, das ist zu blöd, um wahr zu sein. Aber Maxim tut mir nicht den Gefallen, sich in ein Traumbild zu verwandeln, dem zu entkommen leichtfällt. Ich schweige, Maxim schaut düsterreichsbürgerhaft, wegen seiner demokratiefeindlichen Zornesfalten wirkt sein ganzes Gesicht zerfurcht. Früher hat er viel besser ausgesehen. Vielleicht interpretiere ich zu viel in seine Mimik hinein, vielleicht ist alles gar nicht so schlimm.

»Du wirst dich noch wundern, du Fetzenschädel!«, fährt Maxim mich an. Er hat offenbar keine Lust mehr zu warten, ob ich noch etwas zu seinem Tattoo zu sagen habe.

Und das wird der letzte Satz gewesen sein, den er jemals an mich gerichtet hat, das ist mir klar, als er sich umdreht und zum Hotel zurückgeht. Ich unterdrücke den Impuls, ihm nachzulaufen. Es hätte keinen Zweck. Er wird mich nie mehr in einem Tiny House besuchen, sei es auch noch so klein und schön. Maxim ist für mich verloren. Das ist er vor dem heutigen Tag wahrscheinlich auch schon gewesen, aber jetzt handelt es sich um eine endgültige Verlorenheit, die durch mehrere Gütesiegel bestätigt wird.

»Das hast du gut gemacht«, sagt die Ältere der Gegendemonstrantinnen, als Maxim fort ist.

»Sollen wir jemanden für dich anrufen? Eine Klinik vielleicht? Bist du von irgendwo weggelaufen?«

Auch die halten mich für unzurechnungsfähig.

»Mit mir ist alles in Ordnung!«

Insgeheim fasse ich den Entschluss, mich zu Hause um einen Psychotherapieplatz zu kümmern. Also ich nehme mir vor, zumindest zu googeln, welche Therapeuten gute Bewertungen haben.

Die Batterie des E-SUV ist fast leer, die nächste Ladestation ist laut Navi nicht weit entfernt. Die Reise war nicht umsonst, finde ich. Maxim hat sich ein bisschen geschämt, als er mir in die Augen gesehen hat. Während der Akku geladen wird, schwelge ich in Erinnerungen an Erlebnisse auf Autobahnraststätten. Wenn ich als Kind mit meinen Eltern in den Urlaub gefahren bin, haben wir bei einer Raststätte oberhalb eines Sees haltgemacht, die ich als Kind sehr beeindruckend gefunden habe. Das muss ungefähr 25 Jahre her sein. Der Name fällt mir leider nicht ein. Da entdecke ich online ein Bild von ihr. Sie ist so wunderschön wie damals.

Ungefähr drei Stunden später sitze ich auf dem Balkon eines Panoramazimmers des Panorama-Hotels Mondsee, das an das Autobahn-Restaurant Mondsee angeschlossen ist, und schaue auf den Mondsee, in dem sich der Vollmond spiegelt. Bei dieser Unterkunft handelt es sich zweifellos um das beste Hotel des Salzkammerguts. Im Tankstellenshop habe ich die ein oder andere Flasche Rum erworben. Ich muss endlich wieder einen klaren Kopf bekommen. Es geht mir zurzeit nicht besonders gut. Früh aufstehen, gesund essen, viel Sport – das hat mich kaputt gemacht.

Bei Sonnenaufgang muss ich fast weinen, es ist so schön hier. Das Schimmern der ersten Sonnenstrahlen auf der Wasseroberfläche. Als sich der Brechreiz ankündigt, gehe ich hinunter, weil ich es nicht mag, mich da zu übergeben, wo ich arbeite und schlafe. Ich denke, dass hier prinzipiell ein guter Ort ist, um zu schreiben. Ich bin an einem Punkt in meinem Leben angelangt, an dem es Sinn ergibt, meine Erfahrungen zu teilen. Für eine Autobiographie ist es zu früh. Aber ein Ratgeber wäre nicht schlecht.

Als ich mich am Parkplatz übergebe, werde ich von einer Gruppe Bustouristen interessiert beobachtet. Ich winke ihnen zu und sage laut: »Herzlich willkommen im Salzkammergut!« Ein Mann mit einem Fernglas vor der Brust winkt freundlich zurück. So nette Menschen gibt es auch noch. Man darf die Hoffnung nicht verlieren.

Zurück im Hotelzimmer, entwerfe ich das Inhaltsverzeichnis für mein Buch *Mentalitätsmonster – Der Weg zu mentaler Stärke*. Dann schlafe ich vierzehn Stunden. Nachdem ich geduscht habe, fühle ich mich wieder gesellschaftsfähig. Den nächsten Tag verbringe ich damit, fast ohne Pause an dem ersten Kapitel des Buchs zu arbeiten. Als ich es fertiggestellt habe, gehe ich kurz auf den Balkon, um durchzuatmen. Zufrieden mit mir selbst, schaue ich in die Ferne.

Am Tag darauf schreibt mir Klara, dass Johanna und sie heute Abend zurückkommen werden. Sie hat sich also meiner erbarmt. Oder hat sie nur gewartet, bis ich wieder funktioniere? Ist sie weg gewesen, damit ich in Ruhe nach Bayern fahren und anschließend im Mondsee-Raststättenhotel eine Phase der Selbstreflexion durchlaufen kann? Das wäre sehr rücksichtsvoll von ihr. Allerdings weiß ich nur selten, wieso die Menschen tun, was sie tun. Hauptsache, es kommt alles wieder in Ordnung, bevor der Herbst beginnt. Die letzten Tage des Sommers werde ich nutzen, um ein akzeptables Maß an psychischer Stabilität zu erlangen. Von dieser Absicht erzähle ich dem Kellner, während ich ein opulentes Frühstück einnehme. Außer mir sind nicht viele Gäste im Restaurant. Bevor ich abreise, fragt er mich, ob ich allein hier sei.

»Ja, wieso?«

»Verzeihen Sie, aber Sie wirken ein bisschen verwirrt.«

»Nein, nein. Mit mir ist wieder alles in Ordnung«, beteuere ich.

Er schaut skeptisch. Allerorts sorgt man sich um mich. Man begegnet mir voller Empathie und Solidarität. Das liegt wohl an meinem gewinnenden Wesen. Einerseits ist das ja toll. Andererseits frage ich mich doch, wieso ich so hilfsbedürftig wirke.

Dann rase ich heimwärts. Wie viel kostet es eigentlich,

dieses Auto so lange in Anspruch zu nehmen? Ich bin froh, mich wieder mit solch profanen Überlegungen befassen zu können, das bedeutet höchstwahrscheinlich, dass mir keine Gruppe bayrischer Nihilistenkinder mehr erscheinen wird. Möglicherweise sind die wirklich da gewesen. Ich habe nur meine Augen und mein Hirn – und woher soll man wissen, ob die noch funktionieren, wie sie sollen? Ich bin an mich verloren. Als ich versucht habe, Klara das zu erklären, hat sie gesagt, ich hätte ein *Ego-Problem*, ich dächte zu viel nach, das wäre ein Ärgernis unserer Zeit, alle kreisten um sich selbst, um ihre Profile, ihre Bilder, die Narrationen ihrer selbst. Sie übertreibt immer so, es geht doch um mich und nicht um irgendwelche anderen Leute.

So ein E-SUV ist schon was Wunderbares. Ich bin vielleicht gerade etwas zu unkritisch, weil ich nicht verlassen werde. Aber man gönnt sich ja sonst nichts! Ich fahre der Einsamkeit davon, der Lonesome-Cowboy-Lifestyle erscheint mir lange schon nicht mehr reizvoll.

Zu Hause angekommen, fange ich gleich an, die Wohnung zu putzen. Die Sauberkeit und Ordnung wird Klara wohlwollend zur Kenntnis nehmen, ohne direkt darauf zu sprechen zu kommen. So wird es uns leichter fallen, nett zueinander zu sein. Und das wird schon die halbe Miete sein, wie man so sagt. Harmonische Tage liegen vor uns. Nachts werden wir zwar nicht durchschlafen, aber das wird nicht so schlimm sein, wenn wir einander tagsüber nicht allzu sehr quälen. Das ist das falsche Wort. Quälen. Das hätte ich so nicht denken sollen. Na ja. Wir werden den Verstand nicht verlieren und uns nicht entlieben. Das sollten wir uns vertraglich zusichern, vielleicht gibt es auch eine entsprechende Versicherung, die würde unsere Ablebensversicherungen ideal ergänzen.

Als die beiden am Abend zurückkommen, wirken sie entspannt und gut gelaunt. Ich denke, sie überspielen, wie sehr sie mich vermisst haben.

Johanna hat offenbar ein neues Wort gelernt, das sie die ganze Zeit wiederholt. Gabanie? Kavalier? Was meint sie?

»Gabalier!«, ruft Johanna. Jetzt hat sie den Namen korrekt ausgesprochen.

»Ja, der war auch dort«, sagt Klara lapidar und zeigt mir auf ihrem iPhone ein Foto von Andreas Gabalier, wie er Johanna ein Stofftier schenkt. Ein Plüschschweinchen, das eine Lederhose trägt. Das sei noch in der Reisetasche. Er habe Johanna sogar ein Kinderlied vorgesungen. Vor dem Zubettgehen verlangt Johanna das Plüschschwein. Bisher ist sie noch nie eingeschlafen, ohne mit uns zu kuscheln. Nun dreht sie sich zur Seite, schmiegt sich an das Gabalier-Plüschtier, und das war's.

Später an diesem Abend sitzen Klara und ich nebeneinander auf der Couch.

»Was wünschst du dir eigentlich zum Geburtstag?«, fragt sie, nachdem wir uns gemeinsam die ersten beiden Folgen einer neuen Feuerwehr-Serie angesehen haben, die Ähnlichkeiten mit *Notruf California* haben soll, mich aber bisher nicht überzeugen konnte. Ich überlege, ob ich mir wünschen soll, ausschlafen zu dürfen. Aber dann fällt mir etwas anderes ein.

»Warst du eigentlich jemals in der Musterhaussiedlung?«

»Du meinst da, wo du in diesem Haus gewohnt hast? Nein, noch nie.«

»Das wäre doch was fürs Wochenende«, sage ich. Dabei klinge ich so euphorisch, dass es bedenklich wirken könnte.

15

Die Siedlung ist gewachsen, neue Aussteller sind hinzugekommen, eine Gartenwelt ist angelegt, die Architektur-Lounge ist erweitert, und die Baustoff-Erlebniswelt ist grundlegend umgestaltet worden. Die Bau- und Immobilienwirtschaft entwirft unbeirrt neue Trends und zukunftsträchtige Wohnkonzepte. Das Tiny House, das nach dem letzten Brand errichtet worden ist, wirkt auf mich fast schon altmodisch. Gerade im Bereich *Smart Home* hat sich in den letzten Jahren viel getan. Die *Modern Home GmbH* lässt zurzeit einen *smarten, sexy Junggesellen* diese alternative Wohnform erproben, wie auf der Firmenwebsite zu erfahren ist. Der Typ, höchstwahrscheinlich über irgendeine Modelagentur gecastet, ist eine Fehlbesetzung. Er kann überhaupt nicht mitreißend wohnen. Der Stream wird kaum gesehen, das Publikum hat sich mein Comeback verdient. Als ich ein Take-over vorgeschlagen habe, das von Freitag bis Sonntag dauern soll, ist nicht viel Überzeugungsarbeit nötig gewesen.

»Es hat schon einmal eine Familie im Tiny House gewohnt«, erzähle ich, als wir vom Parkplatz in Richtung unseres Wochenendhäuschens schlendern. Es fühlt sich an wie heimkommen, durch diese Siedlung zu gehen. Wenn Heimat ein Gefühl ist, dann ist sie auch ein Tiny House. Johanna läuft fröhlich vor Klara und mir her, das Plüschschwein immer an sich gedrückt. Sie kommt mir schon so groß vor. In einer Woche kommt Johanna in den Kindergarten. Der Sommer neigt sich dem Ende zu, wir haben nicht mehr viel Zeit, um aus ihm ein paar unvergessliche Wohnerlebnisse rauszuquetschen.

»Und wieso sind die nicht mehr dort?«

»Das ist nicht gut gegangen. Die haben sich zerstritten. Scheidung, Sorgerechtsstreit, gefährliche Drohungen, Strafanzeigen, das ganze Programm.«

»Uns wird das nicht passieren, oder?«

Gute Frage. Ich sollte jetzt etwas erwidern. Wir gehen schweigend hinter Johanna her.

»Nein, das wird uns nicht passieren«, antworte ich, als es bereits zu spät ist. Wir haben einen Koffer, eine Reisetasche und ein Kinder-Reisebett dabei, wobei wir im Grunde wissen, dass Johanna zwischen uns liegen wird, das Kinderbett ist eher ein Accessoire. Seit sie das lederhosentragende Plüschschwein hat, schläft Johanna durch. Das führt dazu, dass Klara und ich weniger übermüdet und weniger gereizt und tendenziell ein bisschen gutmütiger und im besten Falle sogar dreißig bis vierzig Prozent liebevoller sind als zuvor. Von dieser harmonischen Stimmung wird auch das Publikum profitieren, weil sich diese natürlich übertragen wird. Der Stream wird die Welt zu einem besseren Ort machen. Nichts weniger muss das Ziel sein, wenn man das Internet auf dem Styx hinabfährt. Jeder Streamer sollte sich nicht mit weniger zufriedengeben. Ich kann es gar nicht erwarten, endlich wieder live zu wohnen.

Doch wohin man auch geht, die Probleme sind schon dort. Als wir das Tiny House betreten, hält uns der Bewohner für unerwünschte Eindringlinge. Er behauptet, nichts von einem Take-over zu wissen, und er weigert sich wegzugehen.

»Das ist mein Haus!«

»Nimm dir das Wochenende frei«, schlage ich vor.

Er schüttelt den Kopf. Wir sollten sofort verschwinden, sonst rufe er die Polizei. Oder wir sollten ein Tiny House kaufen. In dem Fall stehe er uns gerne zur Verfügung, er sei nämlich seit Kurzem befugt, Beratungsgespräche zu führen.

Was für ein Unsinn. Die Person, die wohnt, kann doch nicht zugleich beraten und verkaufen. So was geht nicht gut. Bei *Modern Home* sind sie anscheinend alle durchgeknallt. Oder handelt dieser Mensch möglicherweise eigenmächtig? Möchte er uns den Zutritt zu unserem Wochenendhaus verwehren, weil er selbst das für richtig hält? Schwer zu sagen. Klara fragt ihn, ob er sich bis Montagfrüh freinehmen könnte, wenn sie ihm hundert Euro gibt.

»Ja, klar«, sagt er.

Somit ist das geklärt. Klara ist immer so lösungsorientiert. Johanna erkundet das Tiny House. Das ist gut, so können die Zuschauer gleich beurteilen, inwieweit es kleinkindtauglich ist.

»Und jetzt?«, fragt Klara.

»Verhalte dich ganz natürlich.« Sie sieht sich unsicher um. Anfangs ist es nicht leicht, die Kameras zu ignorieren. Ich glaube, sie kann nicht ganz verstehen, was so toll daran ist, sich online zur Schau zu stellen. Aber je länger man hier ist, umso selbstverständlicher und logischer erscheint es einem, das eigene Wohnglück zu präsentieren. Irgendwann findet man es vollkommen absurd, wenn man nicht gefilmt wird, während man einen Tee kocht. Momentan wirkt es noch künstlich, wenn wir uns unterhalten. Klara vermeidet längere Antworten und wirkt etwas verkrampft. Das Publikum wird darin kein Problem sehen. Sie ist neu hier, niemand erwartet, dass sie schon ein Streaming-Profi ist. Johanna hingegen ist ein Naturtalent, sie fühlt sich wie zu Hause. Sie hat bereits den Knauf einer Schublade abgerissen und sich darüber erfreut gezeigt.

Die Einrichtung des Tiny House könnte verbessert werden. Manche Möbelstücke sind nicht mehr in neuem oder neuwertigem, sondern nur noch in gutem Zustand. Das ist natürlich zu wenig, wenn man Kunden überzeugen möchte. Der Wasserhahn tropft, der Esstisch hat schon etliche Schrammen, die Kratzer im Parkett sind unübersehbar.

Klara und ich sind gerade dabei, uns publikumswirksam zu entspannen, indem wir mit demonstrativer Gelassenheit auf der Couch liegen, während wir Johanna beobachten, die auf der mitgebrachten Spielmatte sitzt und mit ihrem neuen Holz-Werkzeugkasten spielt. Sie sieht schon aus wie eine richtige Handwerkerin, die ein Haus bauen will. Da kommt dieser neue tiny Dude zurück – und zwar mit einem breitschultrigen Sicherheitsmann. Seit der Brandserie wird die Siedlung von einer privaten Security-Firma bewacht, allerdings haben die Sicherheitsleute die Brände nie verhindern können, was ihnen den Vorwurf, unfähig zu sein, eingebracht hat. Aber man darf so einen Sicherheitskraftgewaltmenschen nicht unterschätzen.

Ich bleibe natürlich ruhig und professionell und wähle meine Worte mit Bedacht. Aber die beiden tun so, als hätte ich sie beschimpft. Sie drohen mir mit der Polizei. Klara versucht, beruhigend auf uns einzuwirken. Niemand hört ihr wirklich zu. Sie spricht viel leiser als sonst, wahrscheinlich ist sie so zurückhaltend, weil sie sich immer noch nicht an die Kameras gewöhnt hat. Der Sicherheitsmann sagt, ich solle zeigen, was ich könne. Was soll ich denn können? Dann kommt eins zum anderen, der Sicherheitsmann versucht mich zu packen, ich springe nach hinten, er greift ins Leere.

»Räche mich!«, rufe ich Johanna zu, die das Geschehen anscheinend für eine Art Spiel hält und daher amüsant findet. Ich renne im Zickzack durch das Tiny House, auf so engem Raum sind die Möglichkeiten auszuweichen eingeschränkt, der Security-Mensch verfolgt mich schnaufend. Ob das den Zusehern gefällt, schießt es mir durch den Kopf, obwohl ich mich schon sehr fürchte, erwischt zu werden. Ich glaube, sie schätzen eher Ruhe, wenn es um Wohn-Streaming geht. Dieser Mensch hat sich Jahr und Tag im Fitnesscenter geschunden, um jetzt seine Aggressionskompetenz an mir zu demonstrieren. Aber er ist langsam, ich entkomme ins Freie. Keuchend rennt er mir nach. Noch einmal versuche ich es mit einer Erklärung, immerhin handelt es sich hier um ein Missverständnis, es ist doch alles besprochen. Er solle nachfragen, Informationen einholen, die Inhaber von *Modern Home* anrufen, es werde sich alles klären lassen, sage ich. Aber er hört mir nicht zu, es hat keinen Zweck, er hat sich für die Gewalt entschieden. Das bessere Argument hat schon oft nicht gereicht. Es dauert lange, bis seine Faust schließlich auf meine Wange trifft. Während mich der Schmerz durchzuckt, denke ich:

Zum Glück habe ich eine gute Rechtsschutzversicherung, der wird aufs Herrlichste *wegverklagt*, das wird sich lohnen.

Als wir im Auto sitzen, bin ich schon weniger zuversichtlich. Vielleicht ist die Rechtsschutzversicherung gar nicht so toll. Im Grunde kann ich das nicht wissen. Bisher habe ich sie noch nie gebraucht. Und wie viel Geld ist da wohl zu holen? Das Wochenende haben uns der Grobian und dieser Zugezogene, der überhaupt nicht gut wohnen kann, jedenfalls verdorben. Obwohl wir im Recht gewesen sind! Aber das nützt häufig nichts. Ich fletsche die Zähne und begutachte den Zustand meiner Mundpartie im Spiegel, ein Zahn wackelt leicht.

»Ich kann nichts dafür. Es ist alles besprochen gewesen!«, beteuere ich.

»Das weiß ich«, sagt Klara.

Trotzdem schaut sie irgendwie vorwurfsvoll. Aber sie sagt nichts Kritisches. Und das ist schon viel wert.

»Papa aua?«, fragt Johanna. Ich nicke.

Zu Hause lese ich Postings, die abgeschickt worden sind, während wir im Stream zu sehen gewesen sind. *Ich hoffe, du stirbst bald. Kind süß, Frau nice #tinylife*

Siebenundzwanzig Daumen hoch, zwei Daumen runter. Nachdem ich mir ein Bier aufgemacht habe, setze ich mich auf die Couch und sehe mir eine Quizshow an. Aus irgendeinem Grund habe ich gerade keine Lust auf hochprozentige Getränke. Demnächst sollte ich zum Zahnarzt gehen.